Karin Nowak
Schutzvogel

Karin Nowak

Schutzvogel

Roman

demand.

ISBN 3-935093-24-1

© demand verlag, Waldburg 2003
Umschlaggestaltung: demand Grafik
Herstellung: Books on Demand GmbH, Norderstedt
Printed in Germany

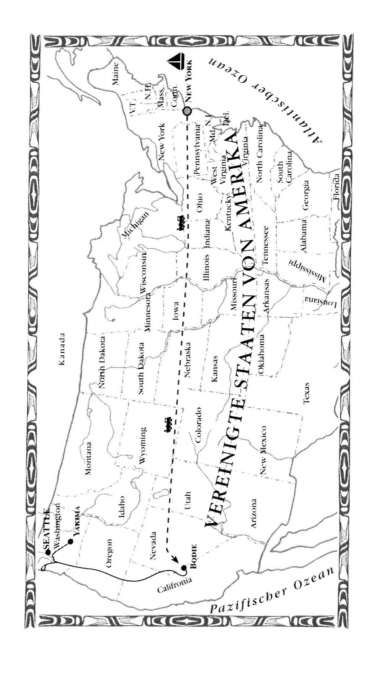

Wenn Familie Halder gewusst oder auch nur ein wenig geahnt hätte, was sie in Bodie erwarten würde, sie hätten sich niemals dort niedergelassen, auch nicht vorübergehend. Sie hätten das Fuhrwerk herumgerissen, den Pferden die Peitsche gegeben und einen riesigen Bogen gemacht um die Stadt, die im ganzen amerikanischen Westen bekannt war als die sündhafteste und verruchteste aller Goldgräberstädte.

Man konnte reich werden in Bodie, aber es war keine Stadt für Familien mit Kindern. Nein, in Bodies Straßen gehörte das Recht dem, der es sich nahm.

Doch nach der langen Überfahrt von Deutschland und quer durch den ganzen amerikanischen Kontinent mit der Eisenbahn bis hier her in den Westen waren der Hopfenbauer Halder und seine Familie froh, vorrübergehend ein festes Zuhause gefunden zu haben. Arbeit gab es genug für so fleißige Leute wie die Halders. Mit dem Geld, das sie in Bodie verdienen würden, könnten sie nach Norden in den Staat Washington ziehen, ins Yakima-County.

„In Yakima liegt die Zukunft des Hopfenanbaus", hatte ihnen zu Hause in Tettnang der Hopfenjude Herr Gabriel gesagt.

1918, nach dem ersten Weltkrieg, verhieß die wirtschaftliche Situation für Hopfenbauern in Deutschland nichts Gutes. Als dazu die Wetterverhältnisse eine karge Ernte erwarten ließen, entschlossen sich die Halders mit ihren beiden Kindern, der fünfzehnjährigen Johanna und dem zweijährigen Max, nach Amerika auszuwandern. Sie verkauften ihren kleinen Bauernhof mit den Hopfenfeldern und machten sich auf die lange Reise. Unterwegs lernten sie den Dänen Jens kennen. Er schwärmte von seinem Ziel „Bodie" in Kalifornien, wo schon viele Menschen ihr Glück gefunden hätten. Und weil auf der langen Reise ein großer Teil ihres Geldes verbraucht worden war, schlossen sich die Halders dem Dänen an.

In Bodie angekommen, mietete sich die Familie ein kleines Holzhaus. Vater Halder fand Arbeit in der Goldmine des Schotten Mr. Mc Lean, die Mutter als Schneiderin im Salon von Madame Loussier. Johanna passte auf Max auf und hütete das Haus.

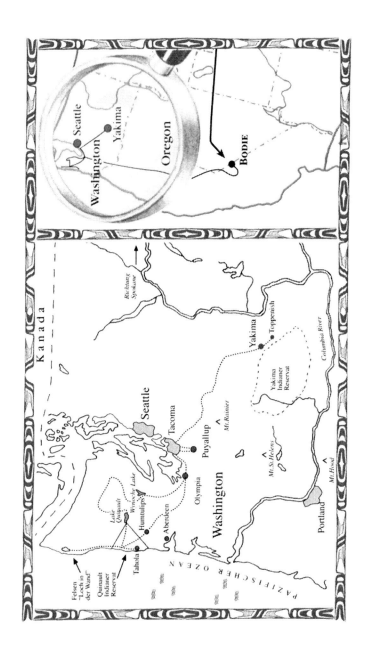

1

Es war Abend.
Johanna schaute durch das große, vergitterte Fenster auf die Straße. Auf der anderen Seite prügelten sich Betrunkene. Sie schrieen und schlugen sich die Fäuste ins Gesicht. Das klatschende Geräusch war bis ins Haus hinein zu hören.
Was ist das für eine Welt, seufzte Johanna. Diese widerlichen Menschen dürfen sich da draußen frei bewegen, und wir leben hier eingesperrt hinter Gittern.
Sie wandte sich ab, räumte das Breitellerchen von Max in den Spülstein, der zugleich Waschtisch und Badewanne war, denn Badezimmer gab es in Bodies kleinen Holzhäusern nicht. Diese bestanden aus zwei Zimmern, verbunden durch einen Flur, mit einem niedrigen Dachboden versehen und von einem winzigen Garten umgeben.
Johanna betrachtete ihr Gesicht im Spiegel über dem Wasserhahn. Blass waren die Sommersprossen geworden.
Sie blies die lockigen Strähnen aus der Stirn, warf die Zöpfe hinter die Schultern und horchte an der Schlafzimmertür. Max schlief schon. Sie nahm ihren Teddy vom Küchenstuhl, setzte ihn vor sich auf den Tisch und legte ihren Kopf auf die verschränkten Arme. Vorbei an seinem Zottelohr sah sie durch das Fenster. Vor ihrem Haus stahl gerade ein Junge einer Frau die Geldbörse aus der Handtasche. Einfach so.
Sie nahm ihren Teddy in den Arm. „Ich glaube, alter Bär, wir sind die einzigen guten Menschen hier. Es gibt nichts Schönes. Alles ist Wüste, Schlamm, Dreck, Gestrüpp, und genau so sind die Menschen in diesem schrecklichen Ame-

rika." Sie strich ihm über das Fell.
Draußen fielen Schüsse.
Johanna drückte den Bären an sich: „Keine Angst mein Kleiner, hier sind wir sicher." Dann begann sie den Tisch für das Abendessen zu decken.

Draußen war es dunkel geworden. Nur die Straßenlaternen schickten ihr Licht durch die vergitterten Fenster und tauchten den Raum in karierte Schatten. Johanna genügte das Licht. Sie mochte diese merkwürdige, geheimnisvolle Stimmung. Vor dem Spiegel begann sie ihre Zöpfe zu entflechten.
Wie werden wir uns je in dieser fremden Welt zurechtfinden, dachte sie und begann mit der Bürste langsam durch ihre langen, rotblonden Locken zu fahren.
Plötzlich wurde gewaltsam am Türschloss gerüttelt. Johanna erschrak. Die Haarbürste fiel zu Boden. Mit Wucht wurde wieder und wieder auf die hölzerne Eingangstür gehämmert. Dann hörte Johanna das Gemurmel und Gebrumm eines Mannes.
„Mach schon auf, mein Mädchen."
Jens! Das war seine Stimme. Er hatte immer ‚mein Mädchen' zu ihr gesagt. Auf Zehenspitzen schlich Johanna zum Fenster und blickte vorsichtig hinaus. Gott sei Dank, es war der Däne!
Eigentlich hatten die Eltern verboten, jemand ins Haus zu lassen. Aber bei Jens ist es etwas anderes, dachte Johanna und schob den schweren Riegel beiseite. Sie öffnete die Tür. Mit der kühlen Abendluft kam eine Wolke Alkohol hinein. Völlig betrunken stand der Däne vor ihr, die strohblonden Haare wirr im Gesicht.
„Dein Vater", lallte er mit rotunterlaufenen Augen. „Dein Vater ... angeschossen ... hat Gold ..."
Großer Gott! Johanna wich zurück.
„Uups, 'tschuldigung ..." Jens schwankte, drehte sich einmal um sich selbst und rülpste erneut kräftig.
„Vater angeschossen? M e i n Vater?"

Aber der Däne antwortete nicht mehr. Er hickste und torkelte langsam die Straße hinunter.

Johanna warf die Haustür hinter ihm zu. Ihre Gedanken begannen durch den Kopf zu rasen.

Ich darf das Haus nicht verlassen. Aber, wenn Vater Hilfe braucht? Ich kann doch nicht am Abend durch diese fürchterliche Stadt laufen. Und Max, ich kann Max nicht allein lassen. Sie schlug die Hände vors Gesicht. Ich muss zu Mutter. Sie weiß sicher, was zu tun ist.

Leise öffnete Johanna das Schlafzimmer. Max schlief. Bevor sie das Haus verließ, nahm sie den Schlüssel vom Haken und drehte ihn zweimal hinter sich im Schloss herum. Das musste man in Bodie immer tun.

Johanna rannte die Straße hinunter. Schon von weitem sah sie den hellen Haarschopf des Dänen. Er lehnte an einer Laterne. „Jens!", schrie sie. „Warte!" Als sie heran kam, sackte er vor ihr zusammen. Johanna beugte sich zu ihm, rüttelte an seinen Schultern. „Mein Gott, Jens, sag mir, wo ist Vater?"

Aber der Däne rührte sich nicht. Johanna hämmerte mit beiden Fäusten auf seine Brust. „Wo ist er?"

Da öffnete Jens den Mund. Sein Atem stank nach Whisky und Rauch. Johanna musste sich abwenden. Ihr wurde übel. Als sie ihm wieder ins Gesicht sah, schauten seine halb geöffneten Augen an ihr vorbei, und seine Lippen formten das Wort „Bank". Dann rollte er zur Seite und erbrach sich.

Johanna hielt sich die Hand vor Nase und Mund. Sie stand auf. Jetzt um diese Zeit sah alles so anders aus. Sollte sie zur Mutter gehen oder zur Bank?

Zur Mutter, entschied sie und überquerte die Hauptstraße. Sie lief an den Häuserwänden entlang zum Nähsalon von Madame Loussier.

„Deine Mutter ist nicht da", sagte die Putzfrau. „Sie ist mit Madame zu einer Kundin gegangen. Geh lieber wieder nach Hause, Kleine. Die Straßen sind am Abend viel zu gefährlich." Dann schloss sie die Tür.

Johanna war verzweifelt. Wenn auf Vater geschossen wurde, braucht er Hilfe. Bis Mutter wieder im Salon sein würde, könnte viel zu viel Zeit vergehen.

Sie warf ihre Haare hinter die Schultern und rannte los.

Auf dem erleuchteten Broadway waren Bergwerksarbeiter und Goldsucher unterwegs. Bettler lagen auf dem Boardwalk, zerlumpte Indianer lungerten in dunklen Winkeln herum, und an den Straßenecken wankten Halt suchend Betrunkene. An Holzgeländern lehnten Frauen grell geschminkt, umgeben von süßlichen Gerüchen und lachten jeden Mann an. Auf der anderen Straßenseite war eine Schlägerei im Gang.

Mit wehenden Haaren hastete Johanna zwischen den Menschen hindurch. Vorbei am chinesischen Kaufmannsladen, wo ihr schwankende Gestalten mit leerem Heroinlächeln den Weg versperrten. Sie wich in die Seitenstraße aus. Hier war es ruhiger und nicht mehr weit bis zur Bank.

Hoffentlich kommen sie nicht hinter mir her, dachte Johanna und schaute im Weiterlaufen zurück. Plötzlich prallte sie gegen einen fetten Bauch. Zwei kräftige Arme griffen nach ihr, hielten sie fest. Ein Mann hob sie in die Höhe.

„Was für ein Herzerl ...!" Seine wulstigen Lippen lächelten sie an. „Und so schöne rote Lockerln!"

Was wollte dieser Mann? Wie widerlich seine Augen ... Johannas Herz schien in den Bauch zu rutschen. „Bitte lassen sie mich herunter."

„Aber warum sollte ich das tun, Goldstück?" Der Kerl verzog sein Gesicht zu einem Grinsen. „Ist sie nicht ein richtiges Goldstück?", fragte der Wiener und hielt sie seinem Kumpel entgegen.

Johannas Füße fanden keinen Boden, so sehr sie ihn suchten. „Lassen sie mich los. Bitte!"

Aber der Mann lachte nur.

Johannas Blick fiel über seine Schulter auf die andere Straßenseite. Im Schatten neben der Regentonne lag ein Mensch am Boden. Sie nahm alle Kraft zusammen, holte mit beiden Beinen aus und trat dem Dicken voller Wucht gegen die Schienbeine. Da ließ er sie los. Flink schob sie sich zwischen den beiden Männern hindurch und huschte hinüber. Sie beugte sich über den regungslosen Körper. Das Herz klopfte ihr bis zum Hals.

„Papa …?"

Der Mann am Boden rührte sich nicht. Vorsichtig tastete sie nach seiner Schulter und drehte ihn zu sich herum. Im mageren Licht blickte sie in ein Gesicht mit seltsam erstarrt verdrehten Augen. Darüber ein Loch in der Stirn …

Als hätte sie sich verbrannt, nahm sie die Hände von dem Toten. Langsam rollte er in seine alte Stellung zurück.

Johanna erhob sich. Gott sei Dank, es war nicht Vater.

Aber wo konnte er sein?

Im Halbdunkel wirkte alles so fremd. War das hier die Rückseite der Bank oder hatte sich Johanna in der Straße geirrt?

Die kleinen Gassen waren nicht mit so vielen Laternen ausgestattet wie die Hauptstraßen, und die tiefen Schatten ließen alles ziemlich unheimlich aussehen.

Plötzlich hörte sie hinter sich ein Geräusch. Da war er wieder, der fette Wiener und sein Freund. Mit ausgebreiteten Armen kamen sie auf Johanna zu.

Bloß weg!

Sie huschte durch ein Loch im Bretterzaun und erreichte über einen Hinterhof die Parallelstraße. Der Lärm vom Broadway drang bis hierher. Das Geschrei von kreischenden Frauen und rohen Männern vermischte sich mit dem Klimpern eines Pianos.

Lieber Gott, lass Papa nichts passiert sein. Lass alles ein Irrtum sein, betete Johanna, während sie weiter die Hauswände entlang lief. Vielleicht ist er ja nur leicht verletzt und hat sich nach Hause geschleppt, überlegte sie. Alles ist möglich.

Sie machte kehrt und rannte im Schatten der Nebenstraßen zu ihrem Haus. Innen war alles dunkel. Atemlos schloss sie die Tür auf. Sie schaute nach Max. Er schlief. Sein Atem säuselte leise. Johannas Blick fiel auf die Eule über seinem Bettchen. Mutter hatte sie mit Kreuzstichen auf die Gardine gestickt. Ihre Flügel waren ein wenig geöffnet, als wollte sie darunter etwas schützen.

„Pass auf ihn auf", flüsterte Johanna. Vorsichtig zog sie die Schlafzimmertür hinter sich zu und ließ sich auf den nächsten Stuhl fallen. Ihr Hals brannte, der Mund war trocken. Sie trank ein Glas Wasser und überlegte fieberhaft, was sie tun könnte.

Dr. Smith, fiel ihr ein. Ja, Dr. Smith! Bestimmt würde irgend jemand den verletzten Vater zu Dr. Smith bringen.

Erneut machte sie sich auf den Weg. Hinter der alten Sägemühle, zwischen hohen Bretterstapeln standen einige Jungen und rauchten. Vor ihnen lag etwas auf der Erde. Ein großes, blaues, Bündel. Konnte das ein Mensch sein?

Papa ...! Johanna fasste sich ein Herz und ging darauf zu.

„Hau ab!", zischte einer der Jungen. Dann warf er seine Zigarette auf den Boden und rannte mit den anderen davon.

Johanna bückte sich und hob einen Zipfel des blauen Stoffes auf. Müll und Sägespäne lagen darunter. Im gleichen Moment nahm sie den Benzingeruch wahr. Zu spät! – In Sekundenschnelle stand vor ihr alles in Flammen. Johanna schlug die Arme vor das Gesicht. Entsetzt starrte sie auf das flackernde Meer, das sich schnell und lichterloh immer weiter vor ihr ausbreitete. Schon kletterten die Flammen die Bretterstapel hinauf. Einen nach dem anderen.

Rückwärts, Schritt für Schritt entfernte sie sich vom Brandherd, bis ihr Rücken an einen Pfahl stieß. Sie drehte sich um und erschrak. Aus allen Winkeln strömten Menschen auf sie zu. Auch die Jungen kamen näher. Sie rauchten jetzt nicht mehr. Einer von ihnen zeigte auf Johanna. „Sie war es. Sie hat das Feuer gelegt!" Die anderen Jungen grinsten und nickten beifällig mit den Köpfen. Da lösten sich einige Männer aus der Menge, kamen mit erhobenen Fäusten auf Johanna zu und wollten sie packen. „Brandstifterin!", schrien sie.

Das kann doch alles nicht wahr sein! Johanna schüttelte

den Kopf. Sie kniff sich in den Arm, um gewiss zu sein, dass sie nicht träumte und wich zurück. Zurück vor den immer näherkommenden Menschen, den Lügen, den Flammen. Die Glocken des Feuerwehrhauses begannen zu läuten. Die Stimmen wurden lauter. Plötzlich zog jemand fest an Johannas Haaren. „Sie ist eine Hexe!", kreischte eine alte Frau hinter ihr.

Weg, nur weg hier! Johanna stieß die Alte zur Seite und lief so schnell sie konnte davon. Sie bog in eine Seitenstraße, kletterte über Zäune, rannte durch Gärten und Hinterhöfe. Als sie kaum noch Atem holen konnte, suchte sie dunkle Winkel und Ecken, um kurz anzuhalten. Doch wohin sie auch rannte, alle Winkel waren nur für kurze Zeit dunkel, reichten nur für kurze Verschnaufpausen, denn das Licht des Feuers holte sie überall ein. Es zischte und knisterte. Das Läuten der Feuerglocke mischte sich mit dem Geschrei der Menschen und dem Krachen größerer und kleinerer Explosionen.

Nach einer Zeit merkte Johanna, dass sie niemand mehr verfolgte. Kein Mensch beachtete sie. Die Leute hatten alle mit sich selbst zu tun. Und in diesem Augenblick wurde es ihr bewusst: Die ganze Stadt, ganz Bodie brennt!

„Maaax ...!", schrie sie, und rannte auf dem schnellsten Weg nach Hause.

Schon von Weitem sah sie, dass die Funken auf ihr Haus übergeschlagen waren. Der Dachstuhl brannte bereits. Völlig außer Atem erreichte Johanna die Vortreppe. Sie wollte die Haustür aufschließen. Der Schlüssel, er war nicht da. Beide Schürzentaschen waren leer.

„Großer Gott, wo ist der Schlüssel?" Immer wieder grub sie mit beiden Händen in den Taschen herum. Sie musste ihn verloren haben. Aber wo? Vielleicht bei dem fetten Mann und seinem Freund oder in einer der Ecken, in denen sie sich versteckt hatte. In welcher Ecke, in welcher nur?

Hinter den Fensterscheiben ihres Hauses meinte Johanna ein Flackern zu erkennen. Waren die Flammen schon so weit? Oder war es nur die Spiegelung vom Feuer der anderen brennenden Häuser? Warum kam Mutter nicht? Wenn die Stadt brannte, musste sie doch hierher eilen!

Verzweifelt ließ sich Johanna auf die Holzstufen fallen.

„Max ist da drinnen und ich kann nichts tun ..." Tränen rannen ihr durch die Finger.

Leute hasteten vorbei, Pferdefuhrwerke rasten mit knallenden Peitschen vorüber. Niemand beachtete sie. Da fasste sie sich ein Herz, stand auf und schrie, schrie einfach laut los: "Helfen sie mir! So helfen sie mir doch!"

Ein vorrübereilender Mann blieb stehen. „Lauf Kleine, lauf, so schnell du kannst. Alle Wasserleitungen sind mit Sand verstopft. Kein Löschtrupp kann dieses Feuer mehr aufhalten. Du rettest nichts mehr, lauf!" Dann drehte er sich um und rannte im Strom der anderen Flüchtenden weiter.

Johanna begann erneut zu schreien. „Hilfe, mein Bruder ist noch im Haus!" Sie nahm einen Stein auf und versuchte damit das Eisengitter vor dem Fenster einzudrücken. Sie wusste, dass es unmöglich war, denn es war ein gutes Gitter, ein einbruchssicheres Gitter. Aber irgend etwas musste sie doch tun! „Maaax!", schrie Johanna und die Tränen liefen ihr übers Gesicht. „Max ...!"

Zwei Bergbauarbeiter, beladen mit schweren Truhen, näherten sich.

„Helfen sie mir, bitte!" Johanna hielt ihnen flehend ihre gefalteten Hände entgegen. „Mein Bruder ist noch im Haus!"

Die Männer blieben stehen, nickten einander zu. Sie stellten ihre Kisten ab und warfen sich mit geballten Fäusten und mit ihrem ganzen Körper gegen die Haustür. Es krachte, aber sie rührte sich kaum aus dem Rahmen. Sie versuchten es noch einmal. Holz splitterte, und dann wurde die berstende Tür ein Stück ins Haus hinein geschleudert. Qualm und Rauch schlug ihnen entgegen. Die Jacke des einen Mannes fing Feuer. Der andere riss Mutters gestickte Decke vom Tisch und löschte damit die Flammen. Das

Geschirr zerbrach auf dem Boden. Die Männer brüllten Johanna etwas in einer fremden Sprache zu und zeigten auf das Dach. Dann verließen sie das Haus, nahmen ihre Truhen wieder auf und folgten den anderen vorbei eilenden Menschen den Hügel hinauf zum Friedhof und aus der Stadt hinaus.

Vorsichtig tastete sich Johanna ins Haus. Inzwischen prasselte das Feuer überall. Es war unerträglich heiß. Die Hitze ließ kaum noch das Atmen zu. Johanna presste ihren Ärmel vor den Mund.

Jetzt! dachte sie und machte drei große Schritte bis zur Schlafzimmertür. Sie drückte die Klinke herunter ...

Im gleichen Moment fingen ihre Kleider Feuer, es zischte über ihrem Kopf und ein höllischer Schmerz erfasste ihren linken Arm und die Kopfhaut. Johanna schrie.

Sie spürte noch, wie irgend jemand etwas Dunkles über sie stülpte, dann wurde sie ohnmächtig ...

2

Johanna erwachte auf einem Pferdefuhrwerk, umgeben von hin und her rutschenden Truhen, Kleidung, klappernden Eimern und Blechgeräten. Alles roch verraucht, verqualmt, verbrannt. Mühsam versuchte sie sich aufzusetzen. Vorn auf dem Kutschbock saßen wildfremde Menschen. Eine Frau und ein Mann mit einem Cowboyhut plagten sich, die Zügel der galoppierenden Pferde fest in der Hand zu halten. Über ihnen lag der Himmel tief und voll klarer

Sterne. Nur der Vollmond tauchte die sanfte, wellige Landschaft der Sierra Nevada in mildes, silbernes Licht. In rasender Fahrt holperten sie über Steine, wechselten Spurrillen. Wie ein lebloses Tier klatschte Johannas Körper auf dem Boden des Wagens hin und her. Um die Schläge abzufangen, suchte sie Halt an einer der Truhen.

Alles an ihr schmerzte. Das Gesicht brannte. In den Augen, ob geschlossen oder geöffnet, flackerte und blinkte es, dass ihr ganz schwindelig wurde. Ihr Kleid und ihre Schürze waren zu Fetzen verbrannt, die wehend an ihr herum hingen.

Johanna zog die Knie an. Die Beine sind in Ordnung, dachte sie. Ich kann sie bewegen.

Auf dem linken Unterarm drohte jeden Moment eine Brandblase zu platzen. Ihr Druck war unerträglich. Aber der Fahrtwind kühlte und vertrieb ein wenig den Geruch von verbrannter Haut und verkohlten Kleidern.

Mein Kopf tut so weh! Johanna strich mit der freien Hand von der Stirn über ihr Haupt bis hinter zum Nacken. Kein Weiches war zu spüren, kein Wehen im Wind. Ihre Finger ertasteten auf wunder Kopfhaut Knubbel, hier und da kleine raue Knäuelchen, die unter Berührung auseinander bröselten. Sonst war nichts.

Meine Haare ... sind verbrannt. Verbrannt!

Langsam kamen die Bilder wieder, das Bewusstsein an das schreckliche Geschehen von Bodie.

Ich hätte Max nicht allein lassen dürfen, dachte sie. Ich bin Schuld, wenn ihm was passiert ist. Und Vater, was ist mit ihm geschehen, und Mutter ... Ach, wenn doch wenigstens einer von euch hier wäre.

Tränen rollten über ihre Wangen. Der rumpelnde Wagen, die höllischen Schmerzen und die aufkommende Übelkeit ließen sie erneut in einen ohnmachtstiefen Schlaf fallen.

Johanna erwachte im frühen Morgenlicht, als der Wagen in einen kleinen Ort einfuhr und vor einer weiß gestrichenen Kirche anhielt. Ein großes, schwarzes Kreuz teilte die

Vorderfront des Eingangs. Daneben waren kleine goldene Kreuze an die Seitenwände genagelt. Der Mann mit dem Cowboyhut kletterte vom Kutschbock und hob Johanna vom Wagen. Er sagte etwas zu ihr in einer fremden Sprache. Johanna verstand ihn nicht. Dann setzte er sie behutsam auf die Holzstufe vor der Kirche und lehnte sie mit dem Rücken an die Wand. Er tippte mit dem Zeigefinger an den Hut, stieg wieder auf den Wagen zu der Frau und verschwand mit seinem Gefährt hinter der nächsten Wegbiegung.

Johanna war viel zu benommen, um sich bewegen zu können. Ruhe wollte sie, nur Ruhe ... und schloss die Augen.

Als die Morgensonne die ersten Strahlen über die Häuserdächer schickte und Johanna zu wärmen begann, spürte sie auf einmal ein Kitzeln an der Nase und einen Duft. Es roch vertraut ... Hefekuchen! Johanna öffnete ihre Augen und sah ein rosiges Gesicht mit dicken, roten Backen. Eine mollige Frau stand vor ihr, die Arme in die Hüften gestemmt, und betrachtete sie neugierig. Die weiße Küchenschürze war über und über mit rosa Röschen bestickt. Alles schien rund an ihr zu sein, ja sie schien förmlich aus lauter großen und kleinen Knödeln zu bestehen. Selbst die Nasenspitze hatte eine kleine Kugel und auf dem Kopf war ein grauer Dutt mit Haarnadeln befestigt. Sie schlug die Hände über sich zusammen.

„Oh, du lieber Gott, oh, Gott oh Gott!", rief sie und schob ihre festen, runden Arme unter Johannas Achseln, um ihr aufzuhelfen und sie hinter die Kirche zu einem kleinen Anbau zu führen. Die Frau klopfte laut an die Tür. Von drinnen waren schlappende Schritte zu hören. Dann wurde geöffnet. Ein kahlköpfiger Priester in einem wallenden, weißen Gewand, den Saum mit lila und schwarzen Kreuzen bestickt, stand vor ihnen. Über die randlosen Gläser seiner Brille lugten stechende Augen.

„Gelobt sei der Herr."

Die Knödelfrau verbeugte sich vor ihm, und er belohnte sie mit einem Kreuzzeichen.

„Ich habe das Kind vor unserem Gotteshaus gefunden, Prediger", lispelte sie.

Der Priester ließ die beiden eintreten. Ein eigenartiger Geruch lag in dem kahlen Raum. Kräuterbüschel hingen in den Ecken. Ein riesiges schwarzes Kreuz stand drohend vor einem Betstuhl. Merkwürdige Geräte blinkten in verrosteten Goldtönen von der Fensterbank und warfen lange, spitzige Schatten auf den Lichtstreifen am Boden.

Der Prediger beugte sich zu Johanna und schob mit beiden Händen seine Brille zurecht. Seine Augen glichen ungleich spiegelnden Kugeln. Johanna wich zurück. Aber er packte sie an den Schultern und hielt sie fest. Seine Stimme war schnarrend und scharf. „Wie heißt du?"

„Jjj-j-o-..."

Da passierte es. Zum ersten Mal brachte sie kein zusammenhängendes Wort mehr heraus. Sie versuchte es noch einmal.

„Jjj-j-o..." Warum geht es nicht? Warum kann ich nicht sprechen?

Der Priester rüttelte an ihren Schultern. „Wie du heißt, will ich wissen. Antworte!"

Ich will ja, dachte Johanna. Ihre Kiefer wurden warm. Speichel lief in ihrem Mund zusammen. Sie probierte es erneut. „Jjjo-j-o..." – Aber sie brachte das Wort nicht heraus. Sie konnte ihren eigenen Namen nicht aussprechen.

Der Priester starrte sie an. „Deinen Namen!"

Ich muss doch meinen Namen sagen können. Noch einmal holte sie tief Luft. Sie begann kurze Atemzüge zu machen, wollte mit aller Kraft ihres Körpers Worte formen. Aber so sehr sie es versuchte, es gelang ihr nicht.

„Großer Gott, der Teufel ist mit dem Jungen!", raunte die Knödelfrau und streckte ihre gefalteten Hände mit flehendem Blick zur Decke.

Der Priester trat einen Schritt zurück, schlug ein Kreuz vor sich, um hinter seinen gefalteten Händen vorsichtig wieder näher zu Johanna zu rücken. „Du ... ein Kind Luzifers?"

Johanna spürte, wie sie starr wurde.

„Du willst uns in Versuchung bringen?" Die Augen des Priesters lauerten hinter seinen Gläsern und ließen Johanna nicht einen Moment los. Er neigte den Kopf zur Seite und strich über sein Kinn. Dann schrie er sie an: „Los, sag deinen Namen, Junge!"

Alles, aber auch alles verkrampfte sich in Johanna.

Junge? Ich bin doch kein Junge! Sie versuchte seinen Augen zu entkommen. Sie wand sich, führte die Zunge zum Gaumen und versuchte es noch einmal. „Jjo-jo-o-o..." Ihre Wangen bebten, die Zähne schlugen aufeinander. „Jjoo-o-jo-o..."

Aber es gelang ihr nicht, den Namen auszusprechen. Völlig verdreckt, stinkend nach Qualm und Feuer, übersät mit Brandwunden und ohne Haare sah Johanna wirklich aus, wie das leibhaftige Kind des leibhaftigen Teufels.

Ich kann nichts dafür, wollte sie sagen. „Iiiiiii..."- Mehr brachte sie nicht heraus. Meine Eltern habe ich verloren, wollte sie sagen, aber sie hörte sich nur: „Mmmm ...a... mma..." Johanna stotterte so stark, dass sie nicht mehr als zwei Buchstaben herausbringen konnte.

„Du - wirst - mir - jetzt - ant - wor - ten!" Mit jeder Silbe schlug der Priester Johanna auf die Wangen, links, rechts, links, rechts.

Johanna hielt ihre Arme vor das Gesicht und flüchtete in eine Ecke des Raumes. Sie kauerte sich auf den Boden, spürte, wie der Priester hinter ihr stand. Aber er schlug nicht mehr.

„Nun gut, mag sein, dass du deine Sprache verloren hast. Der große Gott wird dich genug damit gestraft haben." Er hielt ihr den Zeigefinger unter die Nase. „Tue Umkehr, sage ich dir. Du musst Buße tun, damit du nicht in ewiger Verdammnis landest." Er breitete seine Arme weit aus, schritt murmelnd von Kreuz zu Kreuz und schickte bedeutungsvolle Blicke an die Zimmerdecke. Dann überließ er Johanna ihrer Finderin. „Kümmere dich um ihn, Molly", sagte er. „Ich werde beim Herrn für ihn beten und den

Gemeindediener bitten, dass er den Jungen nach Carson City zur Polizei bringt. Und nun hinweg. Hinaus, hinaus ...! Was soll ich hier noch mit ihm."

Miss Molly verbeugte sich vor dem Priester und führte Johanna aus der Kirche über die Straße hinüber zu ihrem Haus.

„Da hast du aber Glück gehabt, Kleiner, dass unser Priester so ein gutmütiger Mensch ist." Sie öffnete die Tür und schob Johanna in die Wohnküche. Von der Petroleumlampe bis zum Topflappen, alles war hier rosafarben.

Johanna wurde schwindlig. Es duftete nach Hefekuchen und sie hätte sich nicht gewundert, wenn die Knödelfrau aus dem rosa Backofen einen rosa Kuchen hervorgezaubert hätte.

Miss Molly nahm einen Topf vom Küchenherd, goss lauwarmes Wasser in eine Schüssel und stellte sie Johanna in den Waschstein. Daneben legte sie ein dickes Stück Kernseife und ein Handtuch. „So, Kleiner, wasch dich, damit man dich wieder anschauen kann." Sie drehte sich einmal im Kreis und bewegte sich schwankend zur Treppe. „Ich hole etwas für dich zum Anziehen", lispelte sie. „Deine Fetzen kann man wirklich nicht mehr Kleider nennen." Stufe für Stufe verschwand sie keuchend im Obergeschoss.

Vorsichtig zog sich Johanna die verbrannten Lumpen vom Körper. Alles tat ihr weh, jede Bewegung. Behutsam wusch sie den rußigen Schmutz von den Armen.

Warum kann ich nicht mehr sprechen?

Sie musste sich auf einen Hocker setzen, weil sie fühlte, dass ihre Füße sie nicht mehr tragen wollten. Vorsichtig tupfte sie über die schmerzende Kopfhaut.

Weg, alles weg! Deshalb denken sie, ich bin ein Junge. Johanna wurde übel. Sie riss sich zusammen.

Von oben war Miss Mollys Stöhnen zu hören. Die Treppe ächzte, als sie beladen mit Kleidungsstücken die Stufen wieder herunter kam. „Da, du musst ausprobieren, was passt. Alles gehörte einmal meinem lieben Mann. Gott, hab ihn selig!" Sie faltete die Hände und schickte einen Blick zur Decke, drehte sich erstaunlich schnell um sich selbst und rief: „Großer Gott, der Ofen ...!" Miss Molly nahm einen gehäkelten Topflappen vom Haken, öffnete die Klappe und holte zwei duftende Hefezöpfe aus der Backröhre. Einen legte sie auf die Fensterbank, den anderen auf den Küchentisch und schnitt für Johanna ein dickes Stück davon ab. „Das ist für dich, Kleiner."

Johanna hatte sich inzwischen angezogen. Sie schloss die Augen und sog den Duft ein, der sie so sehr an ihr Zuhause erinnerte.

Samstag war immer Backtag gewesen. Im kleinen Backhäuschen an der Wegbiegung nach Tettnang hatten die Halders jede Woche zehn Laib Brot gebacken. Für den Sonntag gab es Blechkuchen aus Hefeteig, in dem die Kirschen versunken waren, oder Stachelbeeren, Zwetschgen oder einfach nur Blechkuchen mit Streuseln darauf ...

Mmm, Hefekuchen!

Miss Molly schob einen Stuhl an den Tisch. „Setz dich hier her, Kleiner." Sie tänzelte zum Küchenschrank, begann in einer der Schubladen herum zu suchen und kam mit Verbandszeug, Puder und einem Fläschchen zurück. Geschickt versorgte sie Johannas Kopfhaut, die offenen Wunden und Blasen mit Gewehröl. Dann wickelte sie einen sauberen Baumwolllappen über die aufgeplatzte Brandblase am Arm. „So, Kleiner, das hätten wir." Sie stellte einen Becher mit Sauermilch vor Johanna. „Iss nur tüchtig und gib ein wenig davon auf die schmerzenden Stellen. Das tut gut." Sie holte eine Blechkanne vom Herd, goss eine riesige Tasse halbvoll mit warmen Kaffee und füllte Milch bis zum Rand auf. „Nimm. Wer weiß, wann du wieder etwas zu essen bekommst. Bei der Polizei bestimmt nicht." Stöhnend ließ sie sich auf das Sofa vor dem Fenster fallen und wischte sich den Schweiß von der Stirn. „Bis der Gemeindediener kommt, werde ich für dich beten", sagte sie und faltete die prallen Finger über dem Bauch zusammen. Dann murmelte sie mit geschlossenen Augen, von schweren Seufzern unterbrochen, vor sich hin.

Alles ist wie ein böser Traum, dachte Johanna, strich die Sauermilch auf die schmerzenden Hautstellen und schleckte sich die Finger ab. Es kühlte wirklich.

Was wird die Polizei mit mir machen? Mich in ein Waisenhaus stecken? Ob meine Eltern noch leben und mich suchen? Suchen ... Johanna erschrak. Sie schlug sich mit der flachen Hand vor die Stirn. Was ist, wenn die Polizei von Bodie die Brandstifterin sucht? M i c h !

Wie sollte sie ohne sprechen zu können, der Polizei erklären, dass sie nicht Schuld war an dem Brand in der Goldgräberstadt? Sie könnte die Wahrheit aufschreiben. Aber während ihre Zähne im lauwarmen Hefezopf versanken, überlegte sie, wer ihr glauben würde. Es gab zu viele Leute, die bezeugen konnten, sie als Erste am Brandherd gesehen zu haben.

Johanna hätte am liebsten das Gesicht in den Händen vergraben, aber sie hatte Angst vor den Schmerzen der verbrannten Haut.

Ich kann nicht zur Polizei! Ich muss noch einmal nach Bodie zurück, ging es ihr durch den Kopf. Ich muss wissen, ob die Eltern noch dort sind. Wenn sie leben, warten sie auf mich und können mir helfen. Ja, nach Bodie muss ich.

Sie nickte vor sich hin. Und als ob es das Selbstverständlichste von der Welt wäre, griff Johanna mit prüfendem Blick auf die geschlossenen Augen von Miss Molly, nach dem Messer auf dem Tisch, steckte es in die Hosentasche und ließ das angeschnittene Hefebrot in ihrem viel zu großen Hemd verschwinden.

Ich muss einen Weg finden, um nicht bei der Polizei anzukommen.

Draußen näherte sich ein Pferdefuhrwerk. Als es vor dem Haus hielt, erhob sich Miss Molly schwerfällig von ihrem Sofa und tänzelte zur Tür. „Jetzt geht's los", keuchte sie mit einem Blick auf Johanna und öffnete. Nachdem sie den Gemeindediener überschwänglich begrüßt und ihm alle Einzelheiten erzählt hatte, kam sie gefolgt von dem Mann in die Küche zurück. Stolz zeigte sie auf Johanna. „Da ist er, mein Schützling." Dann lehnte sie Johannas Kopf behutsam an ihren großen, weichen Knödelbusen. „Leb wohl, mein Kleiner. Gott sei mit dir." Sie machte ein Kreuzzeichen auf Johannas Stirn und schaute voll Mitleid.

Johanna nahm Miss Mollys Hand. Sie wollte Danke sagen, aber es war nur „Ddde..ddde..." zu hören. Dann schob sie sich an den beiden vorbei und kletterte auf die Ladefläche des Fuhrwerkes.

„Hier her", brummte der Gemeindediener und zeigte auf den Kutschbock. „Hier habe ich dich besser im Auge, und du kannst nicht herunterfallen." Aber Johanna kroch in den hintersten Winkel der Ladefläche des Wagens und schüttelte mit dem Kopf.

„Lassen Sie ihn", lächelte Miss Molly den Mann an und zwinkerte Johanna verständnisvoll zu. „Er ist doch so verschüchtert, der arme Kleine."

„Also, gut", murmelte der Mann. „Mir soll's recht sein." Dann stieg er auf den Wagen, nahm die Zügel in die Hand. Mit einem Schnalzer setzten sich die Pferde in Bewegung. Zaghaft winkte Johanna. Ich habe Miss Molly bestohlen, dachte sie. Jetzt bin ich auch nicht besser, als die Kinder von Bodie.

Langsam wurde die dicke Lady immer kleiner. Als das Fuhrwerk der Wegbiegung folgte, verschwand sie ganz aus Johannas Blickfeld.

Sie kamen an den Rand der Sierra, wo die Wüstenlandschaft in steppenartiges Hügelland übergeht und gelangten in die waldreichen Berge. Als der Weg anzusteigen begann, wurde der Wagen langsam. Johanna wollte abspringen, aber sie hatte Angst. Es lagen so viele Steine auf dem Weg. Die Pferde schnaubten und kämpften sich nur noch im Schritt den steilen Weg hinauf. Gleich würden sie die Bergkuppe erreicht haben. Jetzt muss es sein, dachte Johanna. Jetzt!

Sie ließ sich vom Fuhrwerk an den Rand des Schotters ins Gebüsch rollen. Von dort flüchtete sie immer tiefer in den Wald hinein.

3

Johanna schlug sich durch das Unterholz. Kein Weg, keine abgegrenzte Lichtung war zu sehen, wie sie die Wälder um Tettnang kannte. Dies war Wildnis. Wie riesige Mikadostäbe waren abgestorbene Bäume im mannshohen Grün kreuz und quer auseinandergefallen. Mühsam mussten sie umgangen werden. Wie sollte sie jemals aus diesem Durcheinander wieder herausfinden?

Die Mittagssonne begann den Boden zu wärmen. Johanna fand einen Platz zum Ausruhen. Sie zog den Hefezopf aus ihrem Hemd und brach kleine Bissen davon ab.

Ruhig war es. Keine Vögel, kein Rascheln, überhaupt keine Laute. Eine unheimliche Stille.

Sie faltete die Hände. „Lieber Gott hilf mir doch! Hilf mir hier raus. Lass mich meine Eltern finden. Bitte, bitte, lass sie leben und beschütze mich vor wilden Tieren und Indianern." Tränen liefen die Wangen hinunter und fielen in den Hefezopf auf ihrem Schoß.

Ich darf nicht ausruhen, dachte sie. Irgendwo muss der Wald einmal enden. Gott wird mir helfen. Bestimmt. Er wird mich zurück nach Bodie führen. Sie stand auf und lief geradeaus in die Richtung, von der sie meinte, es sei Osten.

So wanderte Johanna zwei Tage durch den Wald. Sie hatte die Angst vor der Stille verloren und begann sich vor Geräuschen zu fürchten, vor dem Rascheln in den Büschen, den Schreien der Eulen in der Nacht und den Lauten unbekannter Tiere, die sie nie zu sehen bekam. Längst war das Hefebrot aufgegessen, und außer Walderdbeeren hatte sie nichts mehr zu sich genommen. Vor Erschöpfung waren ihre Beine schwer geworden. Müde setzte sie sich auf einen Felsen. Sie hörte ihren Magen knurren. Streifenhörnchen hüpften herbei, machten Männchen und putzten mit den Pfoten ihre kleinen Schnäuzchen. Eins von ihnen kam ganz nah zu Johanna. Sie merkte, wie sie plötzlich erstarrte. Als hätte eine fremde Macht von ihr Besitz ergriffen, packte sie blitzschnell nach dem Tier, umklammerte es mit beiden Händen. - Dich werde ich jetzt essen, dachte sie. Du bist zwar klein, aber besser als gar nichts. Sie löste eine Hand und tastete nach dem Messer an ihrem Gürtel. Das Tier versuchte sich zu befreien. Es piepste und wimmerte. Johanna spürte die kleine Kraft in ihrer Hand, sah die dunklen Augen hervorquellen, voll Angst auf sie gerichtet.

Entsetzt ließ sie das Messer fallen.

Bin ich jetzt schon so weit? Ist es nicht schlimm genug, dass ich gestohlen habe? Jetzt will ich auch noch Tiere umbringen. Sie begann das weiche Fell zu streicheln.

Sei mir nicht böse. Sei mir bitte, bitte nicht böse.

Plötzlich hörte sie Peitschenknallen. Ganz in der Nähe.

Johanna öffnete die Hand und das Tier hüpfte davon.

Ein Fuhrwerk? Ja! Johanna sprang auf.

„Hhaaa ... hhaaa..." Sie rannte dem Geräusch hinterher, stolperte, riss sich die Beine auf. Sie bog Zweige auseinander, sprang durch ein Gebüsch und stand auf einmal mitten auf einer Straße. Eine Kutsche, von zwei Pferden gezogen, kam auf sie zugerast.

„Bbrrr ...!" Die Frau auf dem Kutschbock zog die Zügel. Die Pferde schnaubten und warfen wild ihre Köpfe hin und her, bis das Gefährt ächzend vor Johanna stehen blieb.

Die Frau sah auf Johanna herunter. „Hab ich mich erschrocken!" Ihre braunen Haare waren im Nacken zusammengebunden und ihr elegantes Kostüm verriet, dass sie aus der Stadt kam. „Naaa, was ist? Wo willst du hin?", fragte sie freundlich.

Johanna nahm alle Kraft zusammen und versuchte zu antworten. „Bbbbo ... bbo..." Es ging nicht. Es gelang ihr einfach nicht zusammenhängend zu sprechen. Sie schüttelte bedauernd den Kopf. Mit den Händen machte sie der Frau ein Zeichen, dass sie mitfahren wollte.

„Du hast Brandwunden", sagte die Frau. „Kommst du aus Bodie?"

Johanna nickte.

„Und deine Familie?"

Johanna zuckte mit den Achseln.

„Kannst du nicht sprechen?"

Johanna schüttelte den Kopf.

„Bestimmt willst du deine Familie suchen, hm?"

Johanna nickte heftig.

Die Frau reichte ihr die Hand und zog sie zu sich in die Kutsche. „Ich heiße Amanda und bin auch auf dem Weg nach Bodie." Sie gab den Pferden die Peitsche. „Seit zwei Wochen versorge ich meinen kranken Onkel in Sacramento. Man hat uns erzählt, was in Bodie geschehen ist. Ich muss hinfahren, um zu sehen, was mit meinem Mann und meinen Eltern geschehen ist. Und mit unserem Haus."

Die Pferde gehorchten Amandas Hand und ihrer Peitsche. Sie preschten die ausgefahrenen Wege entlang. Johanna merkte, wie die junge Frau sie immer wieder von der Seite betrachtete.

„Was ist mit deiner Sprache, hast du sie verloren?"

„Jjj..."

Amanda griff hinter sich und stellte eine Tasche neben Johanna auf den Sitz. „Nimm, da ist Essen und Trinken. Du hast bestimmt Hunger."

Johanna warf ihr einen dankbaren Blick zu. In der Tasche fand sie Stachelbeersaft, Würste, Brot, Zitronentee und Nusskuchen. Sie brach ein Stück Kuchen ab, biss hinein, stopfte Wurst und Brot so schnell hinterher, dass sie sich fast verschluckt hätte.

Als die Pferde langsamer werden wollten, gab Amanda ihnen erneut die Peitsche. Wild galoppierten sie durch die Sierra, der Goldgräberstadt entgegen. Schon von weitem kündigten Rauchschwaden und der Geruch die verbrannte

Stadt an. Es begann dunkel zu werden, als sie Bodie erreichten. Über dem Hochtal lag Qualm. In der Mulde, wo früher ganze Häuserzeilen standen, waren nur noch glimmende Haufen zu erkennen. Sie kamen am Friedhof vorbei. Ein Mann schaufelte im Schein seiner Laterne eine Grube. Leichen lagen daneben. Verkohlt.

Johanna wandte ihre Augen auf die andere Seite des Tales. Die Gebäude der Goldmine standen noch unversehrt. Auch einige Wohnhäuser ragten wie schwarze Geister aus dem Qualm.

„Sind dort unten noch Menschen?", fragte Amanda den Mann.

Er hörte auf zu graben, stützte beide Arme auf den Stiel der Schaufel und schaute auf. „Nein, alle sind fort. Die Letzten haben heute Mittag die Stadt verlassen. Nur noch der alte Hugh und mein Freund Joseph sind unten. Wir werden hier bleiben, bis uns der Schlag trifft. Glauben Sie mir, Madame, machen sie kehrt, so schnell sie können. Das hier ist nichts für Frauen und Kinder." Er wischte mit dem Ärmel über sein Gesicht.

„Kennen Sie Thomas Walter?" Amanda öffnete ihr Medaillon am Hals und ließ den Mann einen Blick auf das Bild darin werfen. „Sagen Sie mir, hat er überlebt?"

Der Mann schüttelte den Kopf.

Der Gestank war unerträglich. Amanda hustete in ihr Taschentuch. „Und Daniel Greenspan?", fragte sie mit unsicherer Stimme. „Bitte, er ist mein Vater."

Aber der Mann schüttelte wieder nur den Kopf und wandte sich dann seiner Arbeit zu.

Da setzte Amanda die Pferde in Bewegung und fuhr mit Johanna hinunter ins Tal, in die verkohlten Reste von Bodie. Hier und da brachen immer neue kleine Brandherde in der sterbenden Geisterstadt auf und gaben ihr Licht ab, wie kleine Laternen. Der Qualm machte das Atmen fast unmöglich. Sie hielten sich mit Tee getränkte Tücher vor Mund und Nase. Das also war alles, was von der ganzen Stadt Bodie geblieben war!

Johanna und Amanda fanden den Platz der Häuser, in denen sie gewohnt hatten. Aber die waren bis auf den Grund niedergebrannt. In den Trümmern gab es nichts mehr. Nichts.

Sie wendeten die Kutsche und lenkten die Pferde wieder hinauf zum Friedhof.

Amanda setzte sich auf einen Stein und sah dem Mann zu, wie er die Leichen, eine nach der anderen, im Licht der Laterne in das große Loch fallen ließ. Sie legte Johanna den Arm um. „Jetzt verstehe ich, dass man die Sprache verlieren kann", sagte sie leise.

Johanna wurde übel. Der Geruch. Ihr Magen wollte sich entleeren, aber sie schluckte immer wieder den bitteren Geschmack herunter.

Ich halte das nicht mehr aus, dachte sie. Ich will hier weg. Weg aus Bodie und diesem schrecklichen Amerika.

Die Nacht war kalt. Sie sah zum Himmel hinauf. Rauchschwaden hielten die Sterne verborgen.

Nicht einmal Sterne, dachte sie. Vielleicht haben sich meine Eltern oder wenigstens die Mutter retten können. Sie begann auf und ab zugehen. Und wenn, dann sind Sie bestimmt schon auf dem Weg nach Yakima. Wohin sonst? Johanna wurde unruhig. Sie hinterließ dem Totengräber auf Butterbrotpapier eine Nachricht an ihre Eltern, dass sie lebt und versuchen würde, nach Yakima zu kommen. Für alle Fälle, dachte sie. Dann umarmte sie Amanda. Die junge Frau saß starr und unbeweglich auf ihrem Stein. Sie schien nicht mehr erreichbar zu sein, für niemanden, nicht für Worte, nicht für Gesten, nicht für Berührung.

Der Himmel begann langsam heller zu werden. Johanna wartete nicht auf den Sonnenaufgang. Was sollte sie noch hier? Sie machte sich allein auf den Weg.

Lieber Gott, lass die Eltern leben. Wenigstens einen von ihnen. Bitte. Und Max ... Ihre Augen füllten sich. Alles verschwamm vor ihr. Der Weg nach Yakima ist so weit ...

Sie wanderte die staubige Straße entlang, dem Gebirge entgegen, wo es Wasser und Beeren geben würde. Von dort würde sie sich in Richtung Norden aufmachen.

Als es dunkel wurde, suchte Johanna unter einem großem Strauch Schutz.

Warum mussten wir in dieses schreckliche Land kommen? Wie konnten meine Eltern mir das antun? Ich hasse Amerika!

Johanna spürte wachsende Wut. Und diese Wut wärmte sie in dieser kalten Nacht in den Bergen. „Jjja...a ... ja...a..."

Ja, ich hasse dieses Land! Und morgen, wenn die Sonne aufgeht, werde ich mich auf den Weg machen. Sie ballte ihre Fäuste. Ich werde gegen dieses Amerika kämpfen, und bei Gott, ich werde gewinnen, und wenn ich tausend Menschen bestehlen und hundert Eichhörnchen ermorden müsste. Ich werde nach Yakima kommen. Ich will es, und ich werde es schaffen.

Und dann rollte sie sich ganz eng unter ihrem Busch zusammen, weil der Schlaf über sie kam.

4

Am nächsten Morgen drängte in Johannas Träume ein Duft. Er lockte sie aus tiefster Ruhe durch den immer leichter werdenden Morgenschlaf, bis sie ganz wach war.

Spiegeleier!

Spiegeleier mit Speck! Sie blinzelte ungläubig ins Morgenlicht und setzte sich auf. Wenige Meter von ihr entfernt kauerte ein kräftiger Mann vor einem Feuer und rührte mit seinem Messer in einer Pfanne herum.

„Na, aufgewacht?" Er schaute über seine Schulter zu ihr

herüber. „Du siehst halb verhungert aus. Setz dich her, es gibt Frühstück." Johanna saß wie erstarrt.

„Brauchst keine Angst vor mir zu haben. Der alte Sam tut kleinen Jungen nichts."

Auch er denkt, ich bin ein Junge. Obwohl Johanna Angst vor dem Mann hatte, konnte sie dem Gebrutzel in der Pfanne nicht widerstehen. Langsam erhob sie sich und ging vorsichtig durch das hohe Gras auf ihn zu. Er klopfte mit der flachen Hand auf den Platz am Boden neben sich. „Na, komm schon, komm und iss." Er reichte ihr die Pfanne, und wie ein Raubtier fiel Johanna über deren Inhalt her.

Eier, dachte sie. Es ist einfach toll, Spiegeleier für mich, mitten im Wald von Amerika!

„Langsam, langsam", lachte Sam. „Du wirst dich noch verschlucken. Da!" Er reichte ihr ein dickes Stück Brot. „Damit kannst du den Rest aus der Pfanne holen."

Johanna nahm das Brot, stupfte Speck und Fett auf, bis alles blitzsauber war.

„So ist es gut", sagte Sam. „Von den besten Spiegeleiern der Welt darf man nichts umkommen lassen. Und ich sage dir, Kleiner, hörst du? Meine Spiegeleier sind die besten auf der ganzen weiten Welt. Das kannst du ruhig glauben." Er wartete auf ihre Zustimmung. „Ist es nicht so?"

Johanna nickte. Zaghaft huschte ein Lächeln über ihr Gesicht.

„Da gehen ja die Sterne am Himmel an, wenn du lachst", sagte Sam und nahm sie bei den Schultern, um sie ganz nah an sich heranzuziehen. „So, wie du aussiehst, hast du nicht gerade die besten Tage hinter dir, hm?"

Was für eine merkwürdige Nase er hat, dachte Johanna, wie ein roter Blumenkohl.

Verfilzte, graue Haare schauten unter der schmierigen, braunen Schirmmütze hervor. Mit dem struppigen Bart rahmten sie das Gesicht ein. Aus den Augenwinkeln strahlten Lachfalten.

„Wie heißt du?"

„Jjjo... Jjjo..." Johanna wollte antworten. Sie versuchte es wieder und wieder, aber ihre Zähne schlugen aufeinander. So sehr sie sich auch bemühte, sie konnte kein Wort herausbringen.

Was wird er von mir denken? Wie ein Karpfen werde ich aussehen. Johanna schämte sich. Dann schaute sie zu ihm auf, schrie ihm stumm entgegen: Wie soll ich antworten? Ich habe doch meine Sprache verloren. Meine Sprache und meine ganze Familie! Verzweifelt schlug sie die Hände vors Gesicht und hockte sich auf den Boden, als ob sie in sich selbst hineinkriechen wollte.

Aber Sam hatte verstanden. „Du kannst also nicht sprechen", stellte er fest. Johanna schüttelte den Kopf.

Er klopfte ihr auf die Schulter. „Na, lass mal gut sein, Kleiner. Fang bloß nicht an zu heulen. Das kann der alte Sam nämlich nicht vertragen, hörst du?" Er beugte sich zu ihr herunter. „Mach dir nix draus. Auf der Straße hat jeder sein Problem. Der eine kann nichts mehr riechen, weil man ihm die Nasenspitze abgeschossen hat. Der andere hat so viel auf die Löffel gekriegt, dass er nichts mehr hört. Na, und du kannst nicht mehr sprechen."

Johanna starrte ihn an.

Er richtete sich wieder auf und breitete beide Arme aus. „Das ist doch gar nicht so schlimm. Wenn du bedenkst, wie viel Mist die Menschen erzählen, wenn der Tag lang ist, wie viel Blödsinn!" Er verdrehte seine Augen und begann auf und ab zu gehen. „Tja, mein Kleiner, das kann dir wenigstens nicht passieren." Sam rülpste kräftig und wischte sich mit dem Handrücken über die Nase. „Keine Sprache zu haben hat Vorteile. Für mich jedenfalls. Da kannst du mir wenigstens nicht mit deinem Geschwätz auf die Nerven gehen. Dummes Geschwätz kann der alte Sam nämlich nicht brauchen." Er bohrte mit dem Zeigefinger im linken Nasenloch herum und schnipste im Weitergehen mit den Fingern. „Was hältst du davon, mein Gehilfe zu werden?", fragte Sam und blieb in einiger Entfernung von ihr stehen. „Ich könnte auf meinem Weg nach Norden einen Gehilfen brauchen."

Norden? Johanna sah ihn fragend an.

„Den Sommer muss ich immer im Staat Washington verbringen, weißt du? Dort oben ist es nicht so verdammt heiß wie hier unten in Kalifornien", erklärte Sam. „Außerdem gibt es in Oregon und Washington die besten Schnapsbrenner, sage ich dir." Er leckte genüsslich mit der Zunge über die Lippenränder. „Da gibt es Obstschnäpse! Teufel noch mal, da lässt du jeden verdammten Tequilla für stehen!"

Washington? überlegte Johanna. Yakima liegt im Staat Washington, und genau da wollte sie ja hin! Zu zweit voran zu kommen war tausendmal besser, als sich allein nach Yakima durchschlagen zu müssen. Ob ich ihm trauen kann? Aber irgendwie mochte Johanna Sam.

„War das jetzt eine Zustimmung? Hieß das ,Ja'?" Er beugte sich zu ihr herunter. Johanna musste lächeln.

„Was ist, leistest du mir Gesellschaft?" Sam klatschte ungeduldig in die Hände.

Sie nickte mit dem Kopf. Ja, sie wollte mit dem alten Sam nach Norden gehen. Was blieb ihr denn auch anderes übrig?

„Okay, Gehilfe, dann pass mal gut auf, was ich jetzt gleich machen werde." Sam band die Pfanne an seinen Gürtel. „In den nächsten Tagen ist es die Aufgabe des Gehilfen, sich um die Vorarbeiten der Mahlzeiten zu kümmern." Aus seiner Umhängetasche kramte er ein leeres Marmeladenglas und ein kleines Bündel hervor. Als er den Knoten löste, lagen lauter weiße Bohnenkerne auf dem Tuch. Sam füllte sie ins Glas bis es halbvoll war. „Das ist unsere Tagesration für heute Abend, Kleiner. Jetzt müssen wir nur noch Wasser finden. Weißt du, Wasser, damit die kleinen Bohnen sich verdoppeln können, in ihrer Größe, meine ich. Ich sage dir, der alte Sam macht nicht nur die besten Spiegeleier der Welt. Nein, er macht auch die besten weißen Bohnen der Welt, das wirst du schon noch sehen." Dann schraubte er den Deckel wieder zu. Er nahm ein großes, kariertes Tuch, stellte das Bohnenglas hinein, legte Speck und Brot aus seiner Tasche dazu und knotete alles wieder zusammen. „Da, häng dir das an einen Stecken. Von jetzt ab musst du das immer tragen."

Johanna hob einen Ast vom Boden auf, befestigte das Bündel daran und legte sich den Stock über die Schulter.

„Hier in den Wäldern am Rande der Sierra gibt es kaum Dörfer", sagte Sam und nahm seine Decke vom Boden auf. „Da gibt es keine dampfenden Kochtöpfe aus irgendwelchen Fenstern zu holen. Nein, hier müssen wir selber kochen." Er hängte sich die Tasche um. „Fertig?"

Johanna nickte.

„Na, dann los, gehen wir." Er drehte sich um, bog die Zweige auseinander und kämpfte sich mit kräftigen Schritten einen Weg durch das Gebüsch, und Johanna folgte ihm.

Als es Mittag wurde, kamen sie an einen Fluss. Sam füllte Wasser in das Bohnenglas, schraubte es sorgfältig zu und schüttelte es leicht hin und her. „So, ihr kleinen Kerlchen, jetzt werdet ihr gefälligst quellen, damit mein Gehilfe und ich heute Abend was zu beißen haben", sagte er und beobachtete, wie die weißen Kerne darin herum schwammen. Dann lehnte er sich mit dem Rücken an einem Baumstamm und ließ sich langsam daran zu Boden gleiten.

Johanna merkte, wie Sam sie beobachtete. Es war ihr unangenehm. Sie wich seinen Blicken aus und wandte sich ab. Sam zog eine Mundorgel aus der Tasche, hielt sie zwischen die Zähne und begann eine Melodie darauf zu spielen. „Komm, setz dich her zu mir", unterbrach er sich nach einer Weile. „Die Sonne wird wärmer, und hier ist ein schöner Platz. In der Mittagshitze mag der alte Sam nicht gerne herumlaufen." Er steckte das kleine Metallgestell wieder zwischen die Zähne und zupfte darauf herum.

Zaghaft ging Johanna einen Schritt auf ihn zu. Warum sieht er mich immer so an? Johanna war sich nicht klar darüber, was sie von Sam halten sollte. Sie hatte Angst, irgend etwas Schlimmes könnte passieren. Sie wollte ihn beobachten, aber seinen Augen nicht begegnen.

In diesem Moment legte Sam das Instrument zur Seite und seine tiefe, kraftvolle Männerstimme schallte laut über die Lichtung.

> „Ich hatt' mal in Chicago
> ne wunderbare Braut,
> die hatte rote Haare
> und herrlich weiße Haut.
> Die Hüften war'n wie'n Pferdehintern
> ohne seinen Schwanz
> Die Brüstchen drückt sie mir entgegen
> beim Hilly Billy Tanz,
> ja , holla, holla, holla, beim Hilly Billy Tanz."

Als der letzte Ton verklungen war, strahlte er übers ganze Gesicht. „Dass der alte Sam schöne Lieder singen kann, hätt'ste nicht gedacht, was?", lachte er und steckte die Mundorgel wieder in die Hosentasche. „Los, Kleiner, komm endlich und setz dich. Besonders folgsam bist du nicht gerade. Hierher, habe ich gesagt!" Er klatschte mit seiner Pranke auf den umgestürzten Baumstamm neben sich.

Johanna überlegte.

Warum sollte sie immer so nah bei ihm sein? Die Eltern hatten sie vor fremden Männern gewarnt. Geh niemals mit ihnen, ganz gleich wohin. Sie könnten dir weh tun, hatten sie gesagt.

„Sag bloß, du kannst jetzt auch nicht mehr hören?" Seine Stimme war laut geworden. „Komm her, habe ich gesagt!"

Johanna erschrak, sah zu ihm, wie er in der Sonne lag, den Oberkörper immer noch an den Baumstamm gelehnt. Beide Ellenbogen hatte er aufgestützt. Auf dem Zeigefinger der einen Hand wippte die Schirmmütze im Kreis herum. Das blauweiß karierte Hemd konnte die dunklen Haare seiner Brust nicht verdecken. Aus seinem Hosenladen schaute ein Hemdzipfel heraus, und aus der Sohle des linken Stiefels grüßten wackelnd dreckige Zehen. Aber aus seinen Augen blitzte pure Fröhlichkeit.

Nein, dachte Johanna und war sich auf einmal ziemlich sicher. Vor Sam brauche ich keine Angst zu haben, bestimmt nicht. Sie ging zu ihm, nahm neben ihm Platz und schaute lächelnd von der Seite zu ihm auf. Sam blinzelte ihr zu. Dann rümpfte er plötzlich seine Nase und schnaubte. „Weißt du, was du bist? Ein echter Saukerl bist du. Du stinkst zum Himmel, merkst du das nicht?"

Dann begann er zu lachen, so sehr, dass sein Bauch hin und her schaukelte und er ihn festhalten musste, damit die letzten zwei Hosenknöpfe nicht auch noch verloren gingen. „Was hältst du von einem Bad, Stinker, hä...? Ein Bad im Fluss würde uns beiden sicher gut tun, was meinst du?"

Johanna bekam Angst. Sicher, seit dem Morgen bei Miss Molly hatte ihr Körper keine bisschen Wasser mehr gesehen. Aber was ist, wenn Sam merkt, dass sie ein Mädchen ist?

Immer, wenn ich denke, jetzt wird alles gut, passiert wieder etwas, das mir Angst macht, dachte sie. Es ist wirklich schlimm! Mit einem großen Seufzer legte sie das Gesicht in beide Hände.

Sam war aufgestanden. „Armer kleiner Stinker, was hat man dir angetan, dass du dich so in dir verkriechen musst?"

Johanna warf ihm einen Blick zu. Es lag soviel darin, soviel.

Voller Mitleid legte Sam ihr den Arm um. „Vor dem alten Sam brauchst du wirklich keine Angst zu haben. Ich werde jetzt in den Fluss steigen und nachher, wenn ich mich von der Sonne trocknen lasse, mache ich ein Schläfchen. Dann bist du an der Reihe und kannst dich baden. Ich werde dir nicht dabei zuschau'n, okay?" Er wartete auf ihre Zustimmung.

Johanna nickte dankbar.

„Und nachher, Kleiner, da blitzen wir beide so sehr vor Sauberkeit, dass die Bäume denken, zwei Sonnensplitter seien vom Himmel zu ihnen in ihren verdammten Wald gefallen." Er lachte laut auf und begann sich auszuziehen.

Johanna legte sich auf den Rücken. Die Sonne schien warm.

Sie schloss die Augen. Wie konnte ich Angst vor Sam haben? Später würde auch sie ein Bad nehmen, und am Abend würden sie Sams beste Bohnen der Welt über dem Feuer kochen. Sie würde in der Nacht nicht frieren, weil er seine Decke mit ihr teilt, und sie würde nicht mehr allein sein in dem Wald und in dem großen, weiten Amerika ...

In der folgenden Zeit lernte Johanna von Sam, was ein Landstreicher wissen muss, um auf der Straße überleben zu können. Ihre Kleidung wechselten sie irgendwo unterwegs, wo frisch gewaschene Wäsche im Wind auf einer Leine wehte. Johanna wusste bald, welches Holz sich zum Feuer machen eignete und wie man Bohnen kochte. Ihre Eier für die besten Spiegeleier der Welt nahmen sie Hennen aus den Nestern. Sam kannte eine Menge guter Tricks. Er wusste genau, wann und wie man etwas mitgehen lassen konnte, und nie wurden sie erwischt.

Der Weg war weit, aber sie kamen gut voran. Die Straßen waren voll Schotter und Staub. Manchmal nahm sie ein Fuhrwerk mit oder eine Kutsche. Wenn der Moment günstig war, „liehen" sie sich auch ein Auto aus. Denn das war klar. Sam war der beste „Autoausleiher" der Welt.

Kalifornien hatten sie hinter sich gelassen und Oregon auch. Johanna und Sam verstanden sich gut, außer, wenn Sam zu viel getrunken hatte. Es war gesetzlich verboten, Alkohol zu verkaufen. Dennoch gab es Menschen, die heimlich Bier brauten oder Schnaps brannten. Sam geriet beim Alkoholklauen immer öfter in Schwierigkeiten. Johanna half ihm heraus, so gut sie konnte.

Je weiter sie in den Norden kamen und die Zivilisation zunahm, desto schwieriger wurde es für die beiden, sich das Nötigste zum Leben zusammenzustellen. So, wie Johanna und Sam aussahen, erwarteten die Menschen von ihnen nichts Gutes, vertrieben sie mit Stöcken von ihren Grundstücken, aus ihren Läden oder jagten die Hunde hinter ihnen her. Wenige Meilen vor Tacoma, der Hafenstadt am Pudget-Sound, passierte es dann.

Sam und Johanna hatten schon zwei Tage nichts mehr gegessen. Da gelang es ihnen, von einer Farm ein Huhn zu stehlen. Sam klemmte sich noch vier Flaschen Bier unter die Arme. Damit entkamen sie dem fluchenden Bauern. Auf einem Hügel, oberhalb der Stadt Tacoma, machten sie sich ein Feuer. Johanna rupfte dem Huhn die Federn und drehte es behutsam an einem Stock über der Glut, während Sam faul im Gras lag und an der dritten Flasche Bier herum nuckelte. Der Duft des gegrillten Hühnerfleisches lag in der Luft.

„Gehülfe!", schrie Sam so laut, dass Johanna fast das Huhn fallen gelassen hätte. „Ist der tote Eierleger noch nicht fertig?"

Johanna warf ihm ein Kopfschütteln zu.

„Da bin ich ja schon ddreimal bes...offen, bevor ich ww... as zwischen die Z ...ähne kriege." Mühsam versuchte Sam auf die Beine zu kommen. Er schwankte auf Johanna zu und gab ihr einen Schubs, dass sie beinahe im Feuer gelandet wäre. „He, Stinker, lass den Vogel. Komm her, W..w... wettpinkeln ..." Er torkelte auf die Hügelkuppe zu, knöpfte die Hose auf und schrie: „Ha, der alte Sam hat den Bogen raus. Guck, juchheiii ...!"

Das Fleisch war jetzt butterweich und fast fertig. Johanna musste aufpassen, dass es nicht in die Glut fiel. Vorsichtig nahm sie das Huhn vom Feuer und wollte es gerade auseinander teilen, da hörte sie Sams Stimme hinter sich. „Der alte Sam kann's noch, hast ddu gesehen ...? Oouu...je...um."

Im gleichen Moment legte sich ein großer, dunkler Schatten von hinten über Johanna. Als sie aufsah, stand vor ihr ein Polizist mit der Pistole auf sie gerichtet, und durch die Zweige der Büsche kamen noch andere auf sie zu. An Fliehen war nicht mehr zu denken. Sie wurden verhaftet und mitgenommen nach Tacoma.

Im Police Office steckte man sie in eine Zelle. Dreimal drehte sich hinter ihnen der Schlüssel im Schloss der eisernen Gittertür. Johanna spürte das Klacken wie Schläge in ihrem Nacken.

Es musste so kommen. Es konnte ja nicht immer so weitergehen. Einmal mussten sie ja erwischt werden.

Johanna hatte so oft daran gedacht, und jetzt war es geschehen. Sie stellte sich in die hinterste Ecke der Zelle. Es war unerträglich für sie, auf das Eisengitter sehen zu müssen.

Was würden meine Eltern sagen, dachte sie. Wenn sie wüssten, dass ich im Gefängnis sitze?

Sam ließ sich ächzend auf die Pritsche fallen. Als das Gestell krachte, stand er wieder auf und schaute sie mit einem traurigen Blick an. „Komm an das Herz des alten Sam." Er breitete beide Arme aus. Johanna stürzte sich hinein. Sam umfasste sie. Dann begannen seine riesigen Hände auf ihrem Rücken zu reiben, dass sie fürchtete, von ihnen zermahlen zu werden.

„Bald wirst du wieder in ordentlichen Klamotten rumlaufen. Du wirst sauber gewaschen sein, was lernen und immer gut zu essen haben. Sie werden schon dafür sorgen." Er seufzte.

Johanna roch seine besudelte Jacke, roch Spiegeleier und Bohnen, Feuer, Rauch, Bier und die gemeinsame Zeit. Heute wehrte sie sich nicht, als er sie umarmte, heute nicht. Erfolglos kämpfte sie gegen ihre aufkommenden Tränen.

Dann nahm Sam sie bei den Schultern, wie damals, beim ersten Mal, als sie sich begegnet waren. Er sah ihr in die Augen. „Der alte Sam gibt dir jetzt zum Abschied was mit fürs Leben. Hör zu, und vergiss es nicht. Weißt du, was uns Menschen zu Feinden werden lässt?"

Johanna schüttelte den Kopf.

„Es sind die Unterschiede." Er ließ sie los und kratzte sich mit der Schirmmütze in der Hand im Nacken. Johanna legte ihre Arme um seinen Hals. „Ich sage dir Stinker, der alte Sam weiß es genau. Alle beneiden uns um unsere Freiheit und unsere Fröhlichkeit. Aber wir sind anders, weil wir nichts besitzen. So einfach ist es." Er nickte vor sich hin. „Ja, ja, es ist dieser kleine Unterschied. Und deswegen sollen wir uns umkrempeln, uns ihnen anpassen. Sam fuhr mit der Hand über seinen Hinterkopf und zeigte dann mit dem Finger auf sie. „Du bist ein gutes Kerlchen. Sie werden dich auf ihre Seite ziehen. Sie werden dich mit ihnen gleichmachen." Er ließ sie los und leise fügte er hinzu. „Vielleicht ist es ja auch besser so für dich." Er begann durch die Zelle zu wandern. „Aber der alte Sam will verdammt sein, wenn er dir nicht gezeigt hat, dass auch die Menschen auf der Straße eine Moral haben." Er zog die Augenbrauen hoch und legte seine Stirn in Falten. „Und die hat man nur, wenn man sein Herz hier trägt." Er klopfte sich mit beiden Fäusten auf die Brust. „Hier vorne, so wie ich." Er ließ die rechte Hand auf seinem Brustkorb ruhen.

Johanna hatte aufgehört zu weinen. Sam wischte ihr mit dem Handrücken über die Augen. Dann nahm er ihr Kinn in seine Hand und zog es dicht zu sich heran.

„Es gibt Menschen, die tragen ihr Herz im Kopf, verstehst du? Es liegt ganz hinten, hinterm Gehirn. Sie müssen erst einmal tausend Gedankengänge machen, bevor sie es selber spüren, geschweige denn, dass die anderen es wahrnehmen können." Er seufzte. „Und es gibt Menschen, die tragen ihr Herz im Hintern. Sie sitzen es ein halbes Leben lang platt, bis es zerrieben ist und als Furz hinausgeht. Ich sage dir, Kleiner, diese Menschen erkennst du gleich. Sie laufen herum wie hohle Leichen. Sie tun alles, damit die anderen werden wie sie. Aber glaub mir, in Wirklichkeit sind sie immer nur auf der Suche nach ihrem eigenen verlorenen Herzen." Sam seufzte noch einmal sehr tief. „Der alte Sam weiß es. Auch du hast dein Herz an der richtigen Stelle. Menschen, die es offen tragen, Kleiner, werden leichter verletzt. Aber glaub mir …" Er stupste seinen Zeigefinger auf Johannas Brust. „Hier kann es auch viel leichter berührt werden. Und das ist es, was wirklich wichtig ist im Leben. Wenn du einmal nicht mehr weiter weißt, frage dein Herz. Höre, was es dir sagt, dann brauchst du vor nichts und niemand Angst zu haben."

Sam nahm Johanna sanft in den Arm. „Mach's gut, mein Kleiner. Vergiss den alten Sam nicht, hörst du?" Er ließ sie frei und machte drei energische Schritte bis zur Gittertür. „So, und jetzt will ich dich hier nicht mehr sehen." Er rüttelte an den Eisenstäben und schrie laut, so laut, wie Johanna es noch nie bei ihm gehört hatte. „He, Sergeant! He, sie, Sergeant, kommen sie sofort her und nehmen sie den Kleinen raus. Die Hühner habe ich allein geklaut." Als der Polizist sein Gesicht zeigte, brummte Sam. „Sorgen sie für ihn. Er ist ein guter Junge."

Der Uniformierte grinste, machte aber keine Anstalten die Tür zu öffnen. Da kniff Sam die Augen zusammen und zischte mit eisiger Stimme.

„Wenn sie den kleinen Stinker nicht sofort hier rausbringen, schlage ich alles zusammen, Chef. Das ist mein Ernst!"

Da öffnete der Sergeant die Tür und führte Johanna aus der Zelle in die Bürostube.

5

Es war längst Abend geworden, als die Polizisten sich entschlossen hatten, Johanna nach Puyallup zu bringen. Das nächste Waisenhaus für weiße Kinder war zu weit entfernt. So sollten sich die Pater in der St. George Missionsschool, einem Internat für Indianerkinder, den Kopf darüber zerbrechen, was mit dem Jungen, der nicht sprechen kann, zu tun sei. Auf der Fahrt schlief Johanna in den weichen Polstern des Wagens ein und wachte erst auf, als er anhielt.

Die Wolken verdeckten den Mond. Fahles Licht ließ die

Umrisse eines großen Hauses erkennen. Johanna stieg aus. Die silbriggrau schimmernden Wände schienen vom Boden bis zum Himmel zu ragen, darin drei Fensterreihen übereinander wie ausgestanzte Löcher. Der Polizist führte Johanna über Holzplanken zu einer Treppe, die steil hinauf in die erste Etage führte. Weit über ihnen verriet das schwache Licht einer Laterne den Eingang. Während sie langsam die Stufen hinauf stiegen, nahm Johanna nach und nach die Umgebung wahr. Das Gelände der Schule war von einem hohen Stacheldrahtzaun umgeben. Dahinter erstreckte sich ein Zedernwald bis zum Horizont und auf der anderen Seite eine Straße, Gehöfte und Felder. Von irgendwoher heulte eine Eule ihr "Huhu, hu, huuu" in die Nacht.

Johanna spürte aufkommenden Nebel. Ihr war kalt.

Der Polizist läutete an der Glocke. Hinter den Scheiben der Eingangstür ging das Licht an. Trippelnde Schritte waren zu hören. Eine Ordensschwester im schwarzen Gewand öffnete. Um ihre Taille war ein Seil gebunden. Ein Rosenkranz aus Holzperlen baumelte daran und daneben ein riesiger Schlüsselbund.

„Guten Abend, Schwester." Der Polizist wechselte leise mit ihr einige Sätze, während Johanna in den Windfang hineingeschoben wurde. Hier glänzte es vor Sauberkeit. Von dem Holzkreuz an der Wand lächelte Jesus herunter.

Er sieht nicht leidend aus, dachte Johanna. Er lädt mich ein.

Das konnte nur Gutes verheißen. Diese Figur war Johanna so vertraut wie der Geruch in diesem Haus. Es roch nach Bohnerwachs und ein wenig nach Suppe. Johanna war ganz aufgeregt.

Nach der Zeit mit Sam auf der Straße ... Wie lange wird es gewesen sein? Sie hatte kein Gefühl mehr für Zeit. Und nun sollte sie wieder in einem richtigen Haus wohnen und in einem Bett schlafen! Ihr Blick fiel von dem großen Kragen der Ordensschwester auf die weiße, fest gewickelte Bandage, die unter dem schwarzen Tuch das verknitterte Gesicht zusammen hielt.

Wie würde sie ohne diese Binden aussehen, fragte sich Johanna. Ob ihr Gesicht breiig werden, die blauen Augen herausfallen würden?

„Machs gut, Kleiner." Der Polizist klopfte ihr auf die Schultern. Dann verschwand er.

Die Schwester verschloss die Tür zweimal und legte einen dicken Riegel vor. Ohne ein Wort schob sie Johanna in den Hausgang und löschte das Licht. Im Halbdunkel, vorbei an einem Spalier geschlossener Türen, gingen sie auf ein erleuchtetes Glasfenster am Ende des Ganges zu. Die Ordensfrau klopfte.

„Ja bitte", war eine Männerstimme zu hören. Die Schwester öffnete und schob Johanna hinein. An einem Schreibtisch, der unter riesigen Aktenbergen zusammenzubrechen drohte, saß ein hagerer Priester mit ernstem Gesicht.

„Der hier ist eben von der Polizei aus Tacoma gebracht worden, Father Sheldon", sagte die Schwester. „Angeblich ist er stumm. Aber er soll uns verstehen können." Sie nestelte an ihrem Rosenkranz herum. „Wahrscheinlich hat er keine Eltern mehr. Es ist aber auch möglich, dass er ausgerissen ist, hat der Polizist gesagt. Sie haben ihn aufgegriffen, zusammen mit einem betrunkenen Dieb."

Father Sheldon hatte sich zurückgelehnt. Er fuhr mit allen zehn Fingern durch die silbergrauen Haare und hob müde die Augenbrauen. „Nun ja", sagte er, und knipste eine Stehlampe hinter sich an. „Gestern sind Christopher und Paul fortgelaufen. Es sind also wieder zwei Betten frei." Sein Zeigefinger rieb hinter dem harten Stehkragen die Haut am Hals. „Für heute Nacht kann er hier bleiben und vielleicht auch für die nächsten Tage. Wir werden sehen, Schwester Agnetha. Haben sie vielen Dank."

Leise verließ die Nonne das Zimmer.

Er, er, er, dachte Johanna. Alle denken ich sei ein Junge.

Father Sheldon kam hinter seinen Akten hervor. Er nahm auf einem Stuhl direkt vor Johanna Platz, und fasste sie bei den Schultern. Eingehend musterte er ihr Gesicht. Johanna wand sich und versuchte seinem Blick auszuweichen.

„Wenn man ein Haus betritt, mein Kind, nimmt man die Kopfbedeckung ab."

Hastig nahm sie die alte Schirmmütze vom Kopf.

„Gut", sagte Father Sheldon. „Du kannst mich also verstehen. Wie heißt du?" Seine Augen hielten Johannas Augen fest.

Johanna spürte, wie das Zittern wieder begann, das Zittern der Kiefer, der Lippen. Sie wollte antworten, sah weg aus dem fordernden Gesicht. Sie konzentrierte sich, nahm alle Kraft zusammen und formte ihre Lippen. „Jj... o... j... o..." Aber es gelang nicht. Sie zuckte mit den Achseln, seufzte und ließ die Schultern hängen.

Father Sheldon nahm Johannas Kinn in die Hand. Ganz nah waren sie sich. „Gut, es geht also. Man schaut die Leute an, wenn man mit ihnen spricht. Sieh mir in die Augen und antworte. Heißt du John?"

Johanna schüttelte den Kopf

„Woher kommst du?"

Vorsichtig nahm sie seine Hand von ihrem Kinn und ging hinüber zum Globus, der auf Father Sheldons Schreibtisch stand. Sie drehte die Erdkugel ein Stück herum, suchte Europa und zeigte dann auf Deutschland.

„Aus Deutschland!" Father Sheldon legte verwundert seine Stirn in Falten. „Bist du mit dem Schiff gekommen?"

Sie nickte.

„Mit deiner Familie?"

Sie nickte wieder.

„In welchem Hafen seid ihr gelandet?"

Johanna blickte sich im Büro des Paters um und entdeckte hinter sich an der Wand eine Karte der Vereinigten Staaten. Mit den Augen suchte sie die Ostküste ab. Zaghaft nahm sie einen Stuhl mit dunkelrotem Polster und schickte Father Sheldon einen fragenden Blick zu.

„Nur zu", nickte er aufmunternd.

Sie schob den Stuhl unter die Karte, streifte ihre schmutzigen Schuhe ab und kletterte darauf. Johannas Füße fühlten den Samt. Sie hatte einige Mühe im Halbdunkel auf der

Karte die Stadt New York zu finden, aber dann endlich setzte sie ihren Zeigefinger darauf.

Der Pater erhob sich. „Ist deine Familie noch dort?"

Johanna hüpfte vom Stuhl und schüttelte den Kopf.

„Wo sind sie jetzt?"

Sie zuckte mit den Achseln.

Durfte sie preisgeben, dass sie in Bodie gewohnt hatte? Der Gedanke an ihre Familie und die Ungewissheit, was aus ihnen geworden war, quälte Johanna. Ihre Augen wurden feucht. Sie wollte es nicht zulassen, sie wollte nicht weinen. Aber ganz von allein löste sich ein Schluchzen. Sie konnte nichts dagegen tun. So nahm sie die Hände vor das Gesicht und fing ihre Tränen darin auf.

Father Sheldon legte ihr den Arm um die Schultern. „Es ist gut. Wir machen morgen weiter. Jetzt wäscht du dich, bekommst etwas zu essen, und danach zeige ich dir dein Bett."

Aus einer der vielen Schubladen hinter sich an der Wand nahm er eine kleine Schiefertafel und einen Griffel. „In Deutschland bist du sicher schon zur Schule gegangen. Wenn du New York auf der Karte finden kannst, dann kannst du auch schreiben, stimmt's?"

Johanna nickte.

„Na, dann verrate mir deinen Namen." Father Sheldon reichte ihr die Tafel. „Du kannst sie behalten, solange du bei uns bist. Die Tafel wird dir deine Sprache ersetzen. Mit ihr kannst du Fragen stellen und Antworten geben." Er lächelte sie freundlich an. Dann zog er an einem Glockenband, bevor er wieder hinter den Aktenbergen seines Schreibtisches Platz nahm.

Johanna fühlte den Griffel in der Hand wie einen Schatz. Wie lange hatte sie nicht mehr geschrieben? Wie viel Zeit war vergangen, zwei Monate, oder drei? Sie zog ihre Schuhe wieder an und setzte sich.

Meinen Namen? Soll ich wirklich meinen richtigen Namen aufschreiben? Wenn die Eltern leben, würden sie sicher nach mir suchen und mich über Father Sheldon hier in Puyallup schneller finden. Aber vielleicht sucht die Polizei von Kalifornien noch immer eine Brandstifterin mit roten Locken. Sie fuhr sich mit der Hand über ihren Kopf. Ich habe keine Glatze mehr. Die Haare sind nachgewachsen und ihre Farbe könnte mich verraten. Nein, ich werde meinen Namen nicht preisgeben, noch nicht.

So schrieb sie auf die Tafel: *Mein Name ist Gabriel.*

Es klopfte an der Tür.

„Komm herein, Lawrence", sagte Father Sheldon.

Ein großer, schlanker Indianer erschien im Türrahmen. Sein volles Haar war kurz geschnitten. Hosenträger hielten die viel zu weite Hose unter den Achseln fest, und sein blau weiß gestreiftes Hemd war bis zum Hals zugeknöpft.

„Das ist Brother Lawrence. Er weiß hier Bescheid und wird dir helfen", sagte Father Sheldon. „Geh mit ihm. Ich komme später noch einmal zu dir."

Brother Lawrence lächelte Johanna freundlich zu. Er führte sie ins Obergeschoss zu einem großen Waschraum.

„Zieh dich schon mal aus. Ich bringe gleich warmes Wasser und saubere Kleidung." Damit ließ er sie allein zurück.

Johanna schloss die Augen und atmete tief ein. Bohnerwachs, Seife, so riecht Sauberkeit! Dann ließ sie ihren Blick umherwandern. An der linken Wand war eine Reihe Nummernschilder mit Haken angebracht. An jedem hingen ein Handtuch und darüber zwei Lappen. Auf der rechten Seite befand sich ein Waschstein, der von einer zur anderen Ecke über die ganze Front reichte. Darüber war ein Rohr befestigt aus dem viele kleine Wasserhähne ragten. Einige tropften. Am anderen Ende des Waschraumes, ihr genau gegenüber, stand ein Junge. Langsam ging Johanna auf ihn zu. Auch er kam ihr entgegen.

Plötzlich ... Johanna drehte sich um. Nein, außer ihr war niemand im Raum. Dieser Junge?! Das bin ich.

Ganz nah ging sie an den Spiegel heran.

So sehe ich jetzt also aus.

Sie tastete nach ihren Haaren. Sie waren ein wenig gewachsen. Gott sei Dank. Die Augen waren immer noch blau, und die Sonne hatte ihre Haut unter den Sommersprossen gebräunt. Am Haaransatz entdeckte sie zwei Brandnarben. Johanna begann langsam Hose und Hemd abzulegen. Als Brother Lawrence mit einem großen Topf zurückkam, erschrak sie. Stand starr. Er stellte eine Emailleschüssel ins Waschbecken und goss heißes Wasser hinein. Seife, Handtücher und eine Wurzelbürste legte er daneben auf den Rand. Johanna stand in Unterkleidern. Brother Lawrence wartete. Er wollte ihre schmutzige Wäsche mitnehmen. „Na los, Gabriel, zieh dich aus! Ich möchte mir nicht wegen dir die ganze Nacht um die Ohren schlagen."

Johanna trat von einem Bein auf das andere und verschränkte die Arme vor der Brust. Sie schaute auf ihre Füße und schüttelte mit dem Kopf.

„Schon gut. Ich lass dich allein." Brother Lawrence legte ihr die Nachtwäsche auf einen Hocker. „Aber wasch dich gründlich. Du stinkst nämlich."

Ich stinke? Johanna sah in den Spiegel. Brother Lawrences Gesicht grinste ihr entgegen, und mit einem aufmunternden Klaps auf den Rücken verschwand er.

Warmes Wasser! Johanna nahm den Block Kernseife und hielt ihn an ihre Nase. Wie lange hatte sie keine Seife gerochen? Sie sah sich noch einmal um, aber sie war allein.

Keiner darf erfahren, dass ich ein Mädchen bin, dachte sie. Ich muss vorsichtig sein. Dann begann sie, mit der harten Bürste von Kopf bis Fuß die Haut sauber zu schrubben. Als sie in den Schlafanzug schlüpfte, fühlte sie sich so wohl, wie schon lange nicht mehr. Sie grüßte ihr Spiegelbild und war sich ganz sicher, mit diesem Moment würde ein neuer Abschnitt ihres Lebens in Amerika beginnen.

Brother Lawrence kam zurück. Als er das schmutzige Wasser sah, lachte er. „Ich dachte, weiße Kinder wären immer sauber. Aber wenn ich diese Brühe hier angucke, puh, da muss ich mich ganz schön wundern."

Er gab Johanna ein Zeichen, dass sie ihm folgen sollte und führte sie über einen Gang in die Küche. Auf dem riesigen Holztisch in der Mitte des Raumes stand ein blauer

Emaillebecher mit dampfender Milch.

Johanna war richtig feierlich zumute, als sie auf dem Hocker Platz nahm. Tief sog sie den süßen Duft des frisch gebackenen Pfannkuchens ein, der mit einem roten Klecks Marmelade vor ihr auf dem Brettchen lag.

„Aber zuerst wollen wir doch dem Herrn danken, dass er dich zu uns geführt hat", hörte sie auf einmal Father Sheldons Stimme hinter sich. Er zog einen Stuhl an den Tisch und setzte sich neben Johanna. „Gabriel, das heißt: der von Gott Gesandte, wusstest du das?"

Johanna schüttelte den Kopf und machte das Kreuzzeichen über der Brust, wie sie es zu Hause gelernt hatte.

Der von Gott Gesandte, dachte sie. Das hört sich schön an. Es passt sogar. Fast. Sie musste sich beherrschen, um nicht über „den Gesandten" zu kichern und legte die Hände zum Gebet aneinander.

Father Sheldon dankte dem Herrn, dass er sie in dieses Haus geführt hatte und bat um eine gute Zukunft für Gabriel. Er endete mit dem Vaterunser. Inzwischen war der Pfannkuchen kalt geworden, und die Milch hatte eine Haut bekommen. Dennoch, Johanna war so froh und strahlte über das ganze Gesicht, dass Father Sheldon nicht aufhören konnte sie anzulächeln. Aus einem entfernten Zimmer war der Glockenschlag einer Uhr zu hören. Es war Mitternacht geworden. Johanna stupfte mit dem Zeigefinger die letzten Krümel auf.

„Jetzt ist es genug, Gabriel." Father Sheldon nahm sie bei der Hand und führte sie zu einem der Schlafräume.

„Psst ..." Er legte den Finger auf seinen Mund und öffnete leise die Tür. Am Ende des Raumes schien durch das offene Fenster der Mond und tauchte den Saal in sanftes, blaues Licht. Der Nachtwind wehte von draußen den Ruf einer Eule herein. Leise begleitet von den Atemzügen der schlafenden Kinder.

Father Sheldon und Johanna gingen auf Zehenspitzen zwischen den beiden Bettreihen hindurch. Auf jedem Kissen lag ein schwarzer Haarschopf. Nur die zwei Betten unter dem offenen Fenster waren noch frei. Father Sheldon hob eine der Bettdecken und Johanna schlüpfte darunter. Er strich ihr über den Kopf. „Schlaf gut, Gabriel", flüsterte er. Dann verließ er leise den Raum.

Ein Bett! Johanna schloss die Augen. Auf einmal vernahm sie leises Tapsen und Wispern. Ganz nah. Sie setzte sich auf und blickte in neugierige Indianergesichter. Aber sofort huschten alle wieder in ihre Betten zurück, und Johanna kuschelte sich in ihre Decke hinein.

Ach, ... ein richtiges Bett! Schlafen.

Ihr wurde leicht, ganz leicht und die Augen fielen ihr zu.

Der schrille Ton einer Trillerpfeife riss Johanna am nächsten Morgen aus dem Schlaf, dass sie aus den Federn fuhr. Blitzschnell wuselten Indianerjungen um sie herum, klopften Kopfkissen auf, ordneten die Zudecken und stellten sich, die Handflächen seitlich an die Oberschenkel gepresst, das Kinn nach vorne geschoben, neben die Fußenden ihrer Betten.

„Good morning, Sir!", riefen die Jungen im Chor.

„Good morning, boys!" Ein kleiner, drahtiger Pater, den Oberkörper vorgebeugt, die Hände auf dem Rücken hinter seiner braunen Kutte verschränkt, marschierte mit klackenden Stiefeln durch den Mittelgang. Er kam auf Johanna zu und blieb vor ihrem Bett stehen.

„Du bist Gabriel?"

Johanna nickte zaghaft. Sie saß, die Decke bis zum Hals hochgezogen, wie erstarrt und spürte, wie sich wieder alles in ihr zusammenkrampfte.

„Steh auf! Stell dich ans Fußende!", herrschte er sie an. „Hier wirst du Ordnung lernen, wie all die anderen auch."

Johanna sprang aus ihrem Bett und tat, was er verlangte.

Father Gironde drehte sich einmal im Kreis herum, so dass Johanna den Rohrstock sehen konnte, den er hinter seinem Rücken trug. „Hier wird nur Englisch gesprochen, ist das klar?" Sein Rohrstock sauste auf das Bettende.

„Jawohl, Sir", riefen alle im Chor. Der Pater schickte lauter wilde Blicke von Johanna zu den Jungen und wieder zu ihr zurück. „Jede andere Sprache ist verboten", zischte er, „jede!"

Sein Blick traf Johanna. Sie wich zurück.

Die Jungen standen wie Soldaten an ihren Betten und starrten schnurgeradeaus an die gegenüberliegende Wand. Father Gironde kam mit seinem Gesicht nah, sehr nah an Johannas. Seine Worte prasselten wie Hagelschläge. „Wenn ich mit dir rede, hast du mich anzusehen. Wer mir nicht in die Augen schauen kann, ist unehrlich, der lügt." Er gab ihr einen leichten Schubs. „Der lügt, sage ich, er hat ein schlechtes Gewissen oder hat Böses im Sinn. Ist das klar?" Der Pater drehte sich im Kreis herum und die Jungen riefen erneut.

„Jawohl, Sir."

Johanna beeilte sich mit dem Kopf zu nicken. Father Gironde nahm es wohlgefällig wahr und wandte sich, die Hände über dem Rohrstock gefaltet, dem großen Holzkreuz an der Wand zu. Er sprach ein Morgengebet. Die Kinder wiederholten es, Satz für Satz. Danach lösten sie sich aus der strengen Ordnung und wirbelten aus dem Schlafsaal in den Waschraum. Einige blieben zurück und fragten Johanna, woher sie kommen würde und nach ihrem Namen. Sie konzentrierte ihren Körper auf Sprechen, auf das Wort „Ich".

Ich will es versuchen, dachte sie. Einfach immer wieder versuchen. Vielleicht, vielleicht gelingt ja dann einmal ein Satz. „I-i-i ... I-i-i ..." Aber die Kiefer krampften. Es gelang ihr nicht, sie zu beherrschen. „I-i-i-i ..." Die kurzen hastigen Atemzüge zwischen den einzelnen „I's" ließen sie aussehen wie einen Fisch, der nach Luft schnappt. Ein kleiner Junge kicherte. Die größeren Indianer zogen sich mit einer leichten Verbeugung zurück.

Brother Lawrence kam herein und reichte Johanna eine Schuluniform. Nummer siebenunddreißig war auf die Brusttasche gedruckt. Alle trugen dicke, harte, dunkelblaue Baumwollanzüge. Der Kragen musste umgebogen am Hals liegen, der oberste Knopf fest geschlossen sein.

Johanna wartete, bis sie allein im Raum war, und sie sich unbeobachtet ankleiden konnte.

Ich muss aufpassen, dachte sie. Sie dürfen nicht merken, dass ich ein Mädchen bin.

Johanna grauste vor Father Girondes Rohrstock. Und vor den Jungen. Das waren doch alles Wilde, oder?

Sie huschte zum Waschraum hinüber. Gott sei Dank, ich bin die Letzte! Schnell machte sie Hände und Gesicht nass und putzte sich die Zähne.

„Haben wir uns da einen Schmutzfink ins Haus geholt?", peitschte Father Girondes Stimme durch den Raum. Er stand plötzlich hinter ihr. Johanna hatte Zahnbürste und Zahnputzmittel noch im Mund. Sie rührte sich nicht.

„Zuerst wird Morgentoilette gemacht und dann angezogen. Auch du hast die Regeln einzuhalten, ist das klar?"

In Johannas Mund vermischte sich die stumpfe, salzige Schlämmkreide mit dem Speichel, wurde mehr und mehr. Und als sie nickte, rutschte die eklige Masse in ihren Magen hinunter. Sie schüttelte sich und hängte ihr Handtuch unter Nummer siebenunddreißig.

Dann nahm Father Gironde sie mit in den Esssaal, wies Johanna ihren Platz zu. Die Zahl siebenunddreißig war auf dem Stuhl ins Holz eingebrannt und auf der Tischplatte, an dem Platz ihres Tellers.

Alle beteten laut ein Vaterunser. Danach gab es Milch und Brote mit geräuchertem Lachs. Es wurde leise und wenig gesprochen. Nach dem Dankgebet räumten die Jungen vom Küchendienst Blechbecher und Brettchen ab und wuschen unter Aufsicht von Brother Lawrence das Geschirr ab. Alle anderen Kinder mussten an die frische Luft.

Vor dem Zedernwald im Norden stand eine undurchdringliche Nebelwand. Aber hinter dem Haus wärmte die frühe Morgensonne schon das Hofgelände.

Johanna setzte sich auf die unterste Stufe der Holztreppe und beobachtete die Kinder. Manche standen in kleinen Gruppen zusammen und schwiegen, andere flüsterten leise miteinander. Zwei kleinere Indianerbuben saßen an die Hauswand gelehnt und weinten. Einer kletterte an einem Holzgeländer herum. Die größeren Jungen hatten sich abseits unter die Eibenbüsche gesetzt und unterhielten sich leise. Plötzlich bogen sich die Zweige hinter ihnen auseinander. Father Girondes Gesicht erschien.

„Habe ich euch wieder erwischt!" Seine Augen funkelten. „Louis und William, ihr Elenden, ich habe genau eure Sprache gehört! Hier wird Englisch gesprochen, ist das klar?!"

Bei jeder Silbe sauste sein Stock auf einen der Jungen nieder. Sie liefen davon, aber vor der Tür hatte sie der Pater wieder eingeholt.

„Ihr bekommt heute nichts zu essen und werdet den ganzen Tag über stehen. Wehe, noch ein Wort in Stammessprache, dann gibt's den Kerker. Was das heißt, wisst ihr, klar?" Er riss die Tür auf, dass sie krachend an die Wand schlug und verschwand mit energischen Schritten im Haus. Dann folgten alle der Glocke, die zum Unterricht rief.

Im Klassenzimmer gab es für achtundsechzig schwarzhaarige Jungen Englischunterricht bei Father Gironde. Johanna saß mit ihnen brav und still auf den Bänken.

So viele Indianer! dachte sie. Sie mussten aus anderen Teilen des Hauses sein. Johanna überlegte. Wie viel Monate es her war, dass sie das letzte Mal in einer Schulbank saß? Nicht ganz ein Jahr, vielleicht?

In Bodie hatte es keine Schule gegeben. Dort und vorher, auf der Reise von Deutschland bis in den amerikanischen Westen, hatte sie die Mutter unterrichtet.

Mama! Johanna ließ seufzend ihre Gedanken zurückwandern. Jeden Abend hatten sie alle neu gehörten englischen Worte aus dem dicken Wörterbuch herausgeholt und in ihr kleines Vokabelheft geschrieben. Auch ihr Tagebuch hatte sie, so gut es ging, in Englisch geführt. Sie freute sich auf den Unterricht. Einige Indianerkinder konnten Englisch noch nicht genug verstehen und erst recht nicht sprechen oder schreiben.

Es ist gut, dass sie hier nicht in der Sprache ihres Stammes sprechen dürfen, dachte Johanna. Sie müssen Englisch lernen. Die Sprache ihres Stammes ist wie mein Deutsch, und ich musste auch Englisch lernen.

Johanna sah zu Louis und William, die stramm die Hände an der Hosennaht wie Soldaten, links und rechts am Türrahmen standen.

Ob ich mein Deutsch verlerne oder gar vergessen werde? Sie stellte fest, dass sie oftmals sogar schon auf Englisch dachte. Aber war das ein Wunder? In den letzten Wochen hatte sie ja auch überhaupt nicht mehr deutsch gesprochen. Johanna rutschte auf ihrem Stuhl hin und her.

Ich bin jetzt Amerikanerin, wie die Indianer und wie Father Sheldon. Aber hier drinnen ...? Sie legte ihre Hand aufs Herz. Eigentlich bin ich noch genauso deutsch wie vor unserer Reise.

Ihre Gedanken wurden unterbrochen. Schwester Agnetha kam herein und bat Father Gironde, Johanna zu Father Sheldon bringen zu dürfen.

„Guten Morgen, Gabriel. Setz dich bitte." Father Sheldon streckte ihr seine Hand zwischen zwei Aktenbergen entgegen. „Wie gefällt es dir?"

Sie nickte und nahm auf einem der roten Samtstühle Platz.

„Heute wirst du mir weitere Fragen beantworten, damit wir deine Eltern finden können. Hier sind Papier und Stift. Du wirst mir deinen Lebensweg aufschreiben. Wenn du fertig bist, werden wir versuchen, uns noch etwas zu unterhalten." Er stellte ein kleines sechseckiges Tischchen mit Schreibutensilien vor sie hin und verschwand wieder hinter seinem Schreibtisch.

Johanna begann so gut es ging auf Englisch zu schreiben:

Ich wurde in Deutschland, in einem kleinen Dorf bei Tettnang am Bodensee geboren. Sieben Jahre besuchte ich unsere Dorfschule. Meine Eltern besaßen einen kleinen Bauernhof mit einigen Hektar Land.

Meine Großeltern, die nicht mehr leben, hatten dort schon im letzten Jahrhundert Hopfenstöcke angebaut.
Als ich zehn Jahre alt war, brach der erste Weltkrieg aus. Papa kämpfte an irgendeiner Front. Gott sei Dank kehrte er am Ende gesund zurück. Aber der Krieg hatte uns arm gemacht, und durch das schlechte Wetter im Sommer 1918 war unsere Hopfenernte fast vernichtet. Da beschlossen meine Eltern mit Max, meinem kleinen Bruder, und mir nach Amerika auszuwandern.
Mutters Bruder war Lehrer an der Höheren Handelsschule in Ravensburg. Er unterrichtete uns in Englisch. Wir verkauften unseren Hof an einen Nachbarn und fuhren mit der Bahn nach Bremerhaven. Von dort ging es mit dem Ozeandampfer nach New York.

Johanna machte eine Pause. Sie schüttelte ihre Hand aus. Father Sheldon schaute auf. „Nur weiter so, Gabriel."

Sie hielt ihren Bleistift hoch. Lächelnd kam der Pater hinter seinem Schreibtisch hervor. Er nahm einen kleinen Gegenstand vom Tisch und spitzte damit Johannas Bleistift.

„Das ist ein Anspitzer, kennst du das nicht?"

Sie schüttelte den Kopf. Sie hatte ihre Stifte immer mit einem Messer gespitzt.

„Schau her, so wird es gemacht." Er drehte den Stift im Loch des kleinen eckigen Kastens herum, und eine schöne Holzlocke kam oben heraus. Dann nahm er wieder hinter seinen Papierbergen Platz, und Johanna schrieb weiter:

Auf der Überfahrt trafen wir unseren Hopfenjuden aus Tettnang. Auch er hoffte, in Amerika mehr Geld verdienen zu können. Während unserer gemeinsamen Überfahrt unterrichtete er mich in Englisch.

Johanna dachte zurück an die Überfahrt. In der zweiten Klasse durfte sie bei Herrn Gabriel im Salon sitzen oder mit ihm an Deck spazieren gehen. Viele elegante Menschen waren dort, und Herr Gabriel hatte immer irgendwelche Kekse, Kuchen oder süße Sachen, die er Johanna mitgab für ihre Familie in der dritten Klasse.

Ob ich Herrn Gabriel in Yakima wiedersehen werde?, fragte sich Johanna. Was mag aus ihm geworden sein? Und was würde er sagen, wenn er wüsste, dass ich hier mit Indianerkindern in einer Schule wohne und seinen Namen trage?

Ihr Blick fiel auf Father Sheldon. Er war in seine Arbeiten vertieft. Johanna nahm ein neues Stück Papier und schrieb weiter:

Im Yakima-County im Staat Washington liegt die große Chance des Hopfens, hatte Vater gesagt. Deswegen sollte es unsere neue Heimat in Amerika werden.

Genau am ersten Oktober 1918 erreichten wir New York. Unser Aufenthalt sollte länger dauern, als wir dachten, nämlich fast zwei Monate. Auf Ellis-Island, der riesigen Einwanderungsstation mußten wir mit Tausend anderen Einwanderern auf unsere Tests warten, Lese- und Schreibtests und eine Menge Untersuchungen von Ärzten. Aber wir bestanden alle Tests und wurden nicht wieder zurückgeschickt.

Mit der großen Eisenbahnlinie, die von New York nach San Francisco fährt, erreichten wir im Dezember Kalifornien, den warmen Westen Amerikas.

Hier unterbrach Johanna ihr Schreiben und fragte sich, ob sie Father Sheldon auch den Rest mitteilen sollte. Sie dachte daran, wie sie Jens im Zug kennen gelernt hatten. Er war ein lustiger Mann gewesen. Er hatte so von Bodie geschwärmt, voller Überzeugung, dass er dort sein Glück finden würde. Ihre Eltern hatten sich von seiner Begeisterung anstecken lassen, und dann waren sie mit ihm nach Bodie gegangen.

Und jetzt, dachte sie. Was ist aus den Eltern und Max geworden? Und was aus Jens? Und was wird aus mir werden? Ihr Blick fiel auf den Kalender an der Wand. Merkwürdig, dachte sie. Es sind erst fünf Monate vergangen, noch nicht einmal ein halbes Jahr, seit sie sich alle zusammen mit dem Fuhrwerk auf den Weg von Sacramento nach Bodie gemacht hatten. Sie hatte das Gefühl, ein Jahr wäre vergangen.

Bodie ..., dachte sie. Oh, wären wir doch nie dort angekommen! Dabei war ihnen die Stadt so schön erschienen, nachdem sie endlich die staubige Sierra Nevada durchquert hatten. Diese Wüste mit ihrem kriechenden Dornengestrüpp, das losgerissen in Knäulen, groß wie Fußbälle vom immerwährenden Wind über den Boden wirbelte. Und dann Bodies Hochtal mit den vielen freundlichen Lichtern. Damals war ihr das Gelächter aus den Saloons, die Musik und die vielen Stimmen so fröhlich vorgekommen. Nun sah sie die Bilder wieder vor sich, die verbrannte Stadt und die verkohlten Leichen.

Hinter Johanna knallte auf einmal die Tür an die Wand. Erschrocken ließ sie den Stift fallen. Schwester Agnetha stieß einen Indianer in den Raum.

Father Sheldons legte seine Stirn in Falten. „Gabriel, du schreibst ein anderes Mal weiter. Schwester Agnetha bringt dich in den Unterricht." Dann wandte er sich dem Indianer zu.

„Wie geht es dir, Joe?", hörte Johanna Father Sheldon im Hinausgehen. Die weiteren Wortfetzen verloren sich hinter der geschlossenen Tür. In den Unterricht sollte Johanna nicht mehr kommen. Es läutete zum Mittagessen.

Zu zweit an den Händen gefasst, kamen die Jungen aus dem Klassenzimmer, marschierten zuerst in den Waschraum und dann in den Esssaal. Johanna folgte ihnen. Sie nahm ihren Platz ein auf Nummer 37. Louis und William mussten neben der Tür stehen. Nach dem Beten trug der Küchendienst dampfende Schüsseln mit Lachssuppe auf. Dazu gab es Brot.

Als Joe den Esssaal betrat, verstummten alle. Sein erstaunter Blick traf Johanna. Dann setzte er sich auf Nummer achtunddreißig. Er roch nach Lagerfeuer.

Johanna sah Joe von der Seite an, seine feine, gerade Nase. Die schwarzen Haare fielen weich auf seine Schultern. Als er sich über sein Essen beugte, legte er sie hinters Ohr.

Johanna wunderte sich über ihre Freude, weil er neben ihr saß, und löffelte ihre Suppe.

Plötzlich schob Father Gironde seinen Kopf zwischen Joe und Johanna. „Das fängt ja schon wieder gut mit dir an, Joe", fauchte er. „Essen gibt es erst, wenn die Haare ab sind. Das weißt du." Father Gironde gab Joe einen Stoß auf den Hinterkopf, dass sein Gesicht fast im Teller landete. „Also, was ist, Nummer achtunddreißig? Haare schneiden. Raus mit dir!"

Joe legte seinen Löffel auf den Tisch und stand auf. Ohne einen Blick auf Father Gironde verließ er mit einem fast unmerklichen Nicken zu Louis und William dem Esssaal. Kein Löffel kratzte mehr auf den Tellern. Das Lachen im Saal erstarb, die Stimmen verstummten.

„Aber Father Gironde", brach Father Sheldon das Schweigen. „Ich selber habe ihn zum Essen geschickt. Sie können Joe später übernehmen."

Father Gironde stand auf. Die beiden Patres starrten sich einen Moment lang an. Als sie sich ohne ein weiteres Wort wieder setzten, löste sich die Spannung im Raum.

Johanna holte ihre Tafel unter der Jacke hervor. *Was ist mit Joe?* Schrieb sie und wandte sich damit an ihren Nachbarn Nummer 36.

„Joe ist Quinaultindianer und schon sechsmal ausgerissen." Sein Gesichtsausdruck wechselte von Bewunderung zum Bedauern. „Aber sie fangen ihn immer wieder." Nummer 36 haschte nach Joes Brot und ließ es in seinem Ärmel verschwinden.

„Warum kannst du nicht sprechen?", fragte er.

Sie schrieb: *Es geht nicht.*

Johanna erfuhr, dass Tischnachbar Nr. 36 Merle hieß, ein Squamish-Indianer vom Süden der Olympischen Halbinsel war und seit drei Jahren im Internat wohnte.

In der Mittagspause auf dem Hof stellten auch die anderen Jungen Fragen. Johanna antwortete schreibend und wenn die Vokabeln nicht reichten, nahmen sie Hände und Füße dazu.

Sie hatte gedacht, sie sei in einem Waisenhaus für Indianerkinder. Aber Merle erklärte ihr, das Gesetz zwingt Indianereltern ihre Kinder mit dem fünften Lebensjahr in die Missionsschulen zu geben. Tun sie es nicht, kommen sie ins Gefängnis.

Es ist schlimm, von den Eltern getrennt zu sein, schrieb Johanna, und die es lesen konnten, nickten.

Mit trauriger Stimme meldete sich ein kleiner Junge namens Willy. „Ich habe so Heimweh nach meinem Wald und unseren Geschichten."

„Ich habe Heimweh nach meinen Tieren", warf ein anderer dazwischen, und dann plapperten alle durcheinander, erzählten, was ihnen fehlte, wonach sie Sehnsucht hatten, bis einer nach dem anderen traurig verstummte.

Johanna schaute auf ihre gesenkten Köpfe und schrieb: *Wie oft dürft ihr nach Hause?*

„In den ersten drei Jahren überhaupt nicht. Drei lange Jahre!" antwortete ein Junge mit dicken Backen. „Ich bin jetzt schon fünf Jahre hier. Wenn ich in den Ferien bei meinem Clan bin, versteht mich keiner."

„Und ich verstehe die Geschichten unseres Stammes nicht mehr", sagte Merle und kickte einen Stein in die Höhe, dass er gegen die Hauswand klackte. „Die Patres achten unsere Gewohnheiten nicht." Merle verschränkte die Arme und senkte den Kopf. „Sie schneiden uns die Haare. Gewaltsam. Wir tun das nie. Außer wir müssen uns von jemanden trennen oder ein Freund stirbt. Dann geben wir ihm Strähnen mit ins Totenreich." Merle fasste sich an seinen glattrasierten Nacken. „Wir dürfen nie wieder unsere Lieder singen. Auch unsere Tänze dürfen wir nicht tanzen und unsere Feste nicht feiern."

Johanna musste an Sams Worte denken. ‚Sie werden dich ihnen gleichmachen', hatte er gesagt. Ja, die Indianerkinder werden den Weißen gleich gemacht. Das ist es. Sie müssen so werden, wie es die weißen Lehrer wollen. Wo ist das Herz? fragte sie sich. Father Gironde hat's im Hintern. Johanna nickte grimmig. Gewiss. Oder es ist ihm schon als

Furz hinausgegangen ... Guter Sam, was mag aus dir geworden sein?

Ein Kleiner mit dicken Pausbacken drängte sich nach vorn. Seine schmalen Augen verengten sich zu Schlitzen. „Wir lassen dem anderen Zeit, damit er seine Augen auf einen Platz schicken kann, wo er gute Gedanken findet und die richtigen Worte. Aber sie zwingen uns mit ihren Blicken, Worten und Befehlen." Seine Stimme wurde leise. „Und das Schlimmste sind die Schläge."

Johanna konnte nicht antworten. Es war eigenartig, irgendwie hatte sie das Gefühl, Schuld zu haben.

„Viele von uns hauen ab, wie Joe", sagte Merle. „Joe war schon in fünf Internaten, bei Baptisten, Shakern, Protestanten, Presberitanern und hier in Puyallup bei den Katholiken ist er jetzt zum zweiten Mal."

Heißt das, Joe hat mit jedem Internat seine Religion ändern müssen? fragte Johanna.

„Religion und den Namen." Merle verdrehte seinen Augen. „Niemand lässt uns unsere indianischen Namen. Aber Joe hieß hier schon mal Joe, deshalb ..."

Father Girondes Trillerpfeife gellte über den Hof. Die Jungen stellten sich in Reih und Glied auf. Johanna stand neben William. Vorsichtig schob sie ihm ihr Brot vom Mittagstisch in den Ärmel. Sie hatte es für ihn aufgehoben.

Father Gironde teilte Arbeitsgruppen ein. Einige Schüler mussten pflügen und Gemüse sähen, andere das Dach des Schuppens ausbessern. Merle hatte Anstreicharbeiten zu erledigen, und Johanna musste sich in die Hausarbeitskolonne einreihen. Diese Putzkolonne war Schwester Agnetha und Brother Lawrence unterstellt. Jeder erhielt eine riesige Wurzelbürste, einen Lappen, Kernseife und einen Metalleimer. Johanna sollte den Fußboden im Waschraum putzen. Sie füllte den Eimer mit Wasser, schlang den feuchten Lumpen um die Wurzelbürste und wollte sich gerade auf den Boden knien, um Schmutz, angetrocknete Seifenreste und Schlämmkreide von den Holzdielen zu wischen. Da kam Brother Lawrence rein. „Hier wird ordentlich gearbeitet, hast du gehört?" Er drückte sie auf die Knie und zeigte ihr, wie sie mit der Wurzelbürste nicht nur den Schmutz, sondern Stück für Stück den ganzen dicken Wachsbelag von den Dielenbrettern abzukratzen hatte. Das kostete Kraft. Erst als die Haut an Johannas Fingergelenken wund gerieben war, war Brother Lawrence zufrieden.

„So ist es gut, Gabriel. Mach weiter ..." Er verließ den Raum, kam aber immer wieder herein. Es war unmöglich für Johanna, eine Pause einzulegen. Brother Lawrences Kontrolle saß ihr im Nacken.

Nach einer Zeit brachte er Joe mit. Sie stellten sich vor den Spiegel. Brother Lawrence legte Joe ein hellgraues Handtuch über die Schultern und sprach leise mit ihm in indianischer Sprache, bis Father Gironde erschien. Er stellte seinen Rohrstock in die Ecke.

„Jetzt bist du dran, Joe!"

Er zog aus seinem Gewand mit der einen Hand eine Schere. Mit der anderen packte er in Joes volles, schwarzes Haar. Derb und ruckartig schnitt er daran herum. „So ...", sagte der Pater und hielt ein schwarzes Büschel nach dem anderen vor Joes Augen, bevor er es auf den Boden fallen ließ, „so machen wir das!"

Johanna erhob sich und ging langsam auf die beiden zu. Sie sah Joe, den Ausdruck in seinem Gesicht, und das Herz tat ihr weh.

Father Gironde beachtete sie nicht und rasierte Joes Nacken hoch, bis über die Ohren. „So Joe, damit sind deine Eltern für dich gestorben", sagte er. „Hast du verstanden? Du wirst nie wieder von hier fortlaufen, denn sie sind tot!" Er schlug Joe auf den Hinterkopf. „Wir werden aus dir endlich einen anständigen, christlichen Menschen machen."

Als Joe nicht antwortete, schrie Father Gironde ihn an. „'Jawohl Sir', will ich von dir hören!"

Johanna zuckte zusammen.

Joe blieb stumm, schaute geradeaus, als hätte der Pater nichts gesagt, nichts geschrieen, als sei überhaupt nichts geschehen.

Johanna hob eine Hand voll Haare auf. Joes kurzer, flackernder Blick traf sie. Er schluckte. Dann sauste Father Girondes Rohrstock auf seinen Rücken.

„'Jawohl, Sir' und ‚Danke Sir', will ich von dir hören!"

Johanna starrte den Pater an. Ein Schrei wollte aus ihr heraus, aber die Angst vor Schlägen hielten ihn zurück.

Father Gironde beugte sich über das Waschbecken und schlug mit der Faust auf den Rand. „Euch Gottlose werde ich zwingen, unsere Ordnung, Zivilisation und unsere Religion anzunehmen!", schrie er. Dicke Adern zeigten sich auf der Stirn und sein Gesicht schwoll rot an. Er schwitzte und schien platzen zu wollen. „Ihr dreckigen Indianer werdet es annehmen. Sonst bleibt ihr ewig in eurem Schmutz und Heidentum!" Father Gironde begann auf und ab zu gehen. Er atmete schwer. Nur langsam beruhigte er sich wieder.

„Bedanke dich für's Haare schneiden," sagte er gefährlich leise.

Joes schwieg.

„Nun gut, du willst es nicht anders. Drei Tage Kerker." Father Gironde ließ Joe stehen und trat in den Flur hinaus.

Johanna kramte ihren Griffel aus der Tasche. *Es tut mir so leid*, schrieb sie auf ihre Tafel und hielt sie Joe hin.

Langsam löste er sich aus seiner Verspannung, streifte kurz mit dem Blick über das Geschriebene, schaute aber sofort wieder an ihr vorbei.

Brother Lawrence kam und schubste Johanna auf die Knie. Sie solle weiter arbeiten. Joe wurde in eine Kellerzelle eingeschlossen und in den nächsten drei Tagen war Nummer 38 nicht zu sehen.

Ungefähr eine Woche später teilte Father Sheldon mit, dass ein Ärzteteam und Beamte der Regierung ins Internat kommen würden. Am nächsten Tag schon sollten alle Kinder untersucht werden. „Ich möchte, dass ihr einen guten Eindruck macht. Heute Abend werdet ihr euch besonders gründlich waschen und euch die Nägel säubern und schneiden."

„Gabriel ...", Father Sheldon nahm sie zur Seite. „Du kommst nach der Mittagspause zu mir und beendest den Bericht über deine Herkunft. Morgen wird darüber entschieden, was mit dir geschehen soll, denn hier ist nicht der richtige Platz für ein Kind wie dich."

Großer Gott, dachte Johanna. Das darf nicht geschehen.

In der Mittagspause setzte sie sich abseits auf einen Stein. Sie musste eine Lösung finden. Merle kam und wollte sie zum Ballspielen auffordern. Unwirsch lehnte Johanna ab. Aber dann fing sie einen Gesprächsfetzen auf. Darin das Wort Yakima.

Yakima! – Erregt begann sie auf ihre Tafel zu schreiben: *Wie weit ist es nach Yakima?* Sie sprang auf und hielt Merle ungeduldig ihre Tafel entgegen.

„Etwa 130 Meilen. Mit einem Fuhrwerk brauchst du drei bis vier Tage." Merle lachte. „Willst du zur Hopfenernte? Die ist erst im Herbst."

Das Läuten der Schulglocke unterbrach sie.

Johanna begab sich zu Father Sheldon ins Büro. Als sie eintrat, lächelte er milde. „Hier hast du Papier, Gabriel", sagte er freundlich. „Nun beende bitte deinen Bericht."

Johanna setzte sich wieder an das kleine sechseckige Tischchen. Sie senkte ihr Gesicht über die Blätter und tat, als wäre sie ins Schreiben vertieft. Aber in ihrem Kopf rumorte es. Wie würde sie unbemerkt die Missionsschule verlassen und sich nach Yakima durchschlagen können?

„Gabriel, du sollst schreiben und nicht träumen", unterbrach Father Sheldon ihre Gedanken.

Johanna schrieb, dass sie in Bodie ihre Familie verloren und wie ihr langer Weg sie hierher geführt hatte. Und während sie schrieb, reifte auch ihr Plan, wie sie aus der St.-Georges–Missions-School ausbrechen würde.

Ich bin fertig. Darf ich mir bitte noch einen Griffel aus der Schublade holen? schrieb sie auf ihre Tafel und hielt sie lächelnd Father Sheldon hin. Er nickte flüchtig und vergrub seinen Kopf wieder in seine Arbeit.

Schade, dass ich dir Sorgen machen muss, dachte Johanna. Sie drehte sich zur Regalwand, entnahm einer Schublade eine Hand voll Griffel und eine Landkarte. „Der goldene Staat Washington" stand darauf. Sie verbarg den goldenen Staat unter ihrem Hemd. Johanna verließ Father Sheldons Büro und begab sich in den obersten Stock, um die letzten Holzdielen des Waschraums mit neuem Schutzwachs einzulassen.

Wenn die Leute von der Regierung kommen, würden sie sich im Fußboden spiegeln können!

Das Abendessen verlief ungewöhnlich ruhig. Johanna hatte Tischdienst und so fiel es niemandem auf, dass sie in der Speisekammer heimlich ihre Taschen mit Brot, Möhren und Haferflocken vollstopfte. Auch ein Küchenmesser und eine Kordel steckte sie ein. Auf ihrem Weg ins obere Stockwerk spürte sie ihr Herz pochen. Im Schlafsaal war sie allein. Die anderen Kinder waren schon im Waschraum. Johanna zog ihren Kopfkissenbezug ab und stopfte ihn zur Landkarte in ihr Hemd. Aus dem Korb mit Schmutzwäsche nahm sie einige Kleidungsstücke und verstreute sie auf ihrem Bett. Es sollte den Anschein machen, sie hätte sich soeben ausgezogen. Die anderen sollten sich den Kopf darüber zerbrechen. Sie musste Zeit gewinnen, um sich vom Haus entfernen zu können.

Johanna schlüpfte aus dem Schlafsaal, die Treppe hinunter. „Gabriel, was machst du da?", Father Girondes Stimme kam zischend von oben, legte sich wie eine Schlange um ihren Hals. Johanna schluckte und blieb stehen. Das Herz klopfte ihr bis in die Schläfen. Dann drehte sie sich herum, ging ruhig die Stufen zu ihm hinauf, zog die Tafel hervor und schrieb:

Entschuldigung, Father Gironde, ich hatte vergessen es ihnen mitzuteilen, aber ich muß noch einmal zu Father Sheldon hinunter. Er hatte mich darum gebeten.

Sie wusste selber nicht, woher sie die Kraft für ihr Lächeln hatte, mit dem sie Father Gironde in diesem Moment anlog. Und wirklich, der Pater nickte ihr zu. Sie hüpfte die

Treppe hinunter. Jetzt achtete niemand mehr auf Johanna. Im Erdgeschoss war alles dunkel. Nur hinter dem hellen Glasfenster von Father Sheldons Büro leuchtete warmes, gelbes Licht. Johanna hielt den Atem an. Leise schlich sie daran vorbei.

Vor dem Abendessen hatte sie beim Wegräumen der Wurzelbürsten die Besenkammer offengelassen.

Hoffentlich hat Schwester Agnetha ihren Kontrollgang noch nicht gemacht! Sie drückte die Klinke herunter. Gott, sei Dank! Auf Zehenspitzen schlich sie hinein und schloss leise die Tür hinter sich. Bloß nicht über einen der vielen Blecheimer am Boden stolpern!

Johannas Blick huschte über Schrubber und Besen an der Wand. Gegenüber, oberhalb des riesigen Holzregals mit seinen durchgebogenen Brettern, war das Fenster. Es war nicht sehr groß, aber liegend würde sie sich durch die Öffnung hindurch schieben können. Sie kletterte hinauf, vorbei an Bohnerwachs, Bürsten, Seifenschachteln und Waschpulversäcken. Die Gerüche aller Putzmittel vereinigten sich zu einer Sauberkeitswolke, die Johanna mehr und mehr in der Nase zu kitzeln begann. Gerade, als sie sich auf das oberste Brett flach hingelegt hatte, war draußen vom Gang zu hören, wie jemand die Türen auf- und wieder zuschloss.

Schwester Agnetha!

Johanna rutschte an die Wand, so nah sie konnte. Das Waschpulver juckte. Sie hielt die Luft an und presste mit Daumen und Zeigefinger die Nase fest zu.

„Ttschiii ..."

Verflixt! Beim Niesen war ihr Fuß an eines der Päckchen mit Seifenflocken gestoßen. Es fiel herunter, genau in einen Blecheimer hinein, als Schwester Agnetha die Tür öffnete. Sie murmelte etwas vom heiligen Antonius und rückte an den Eimern herum, und dann verließ sie die Besenkammer wieder. Der Schlüssel drehte sich zweimal im Schloss.

Erst als die Schwester nicht mehr zu hören war, konnte Johanna aufatmen. Behutsam öffnete sie das Fenster. Es war schon dunkel draußen. Auf dieser Seite des Hauses war alles ruhig. Nur der ferne Schrei einer Eule drang an ihr Ohr. Vorsichtig schob sie ihren Körper durch das flache Fenster und hangelte sich mit den Füßen die Hauswand hinab. Als sie senkrecht im Rahmen hing, ließ sie ihre Hände los. Unter ihr knirschten Kieselsteine.

Johanna verharrte einen Moment an der Hauswand. Nichts rührte sich. Geduckt schlich sie zu den schützenden Büschen vor dem Zaun. Von dort warf sie noch einen letzten Blick zurück auf die Missionsschule mit ihren schwarzen Fensterlöchern und kletterte über den hohen Maschendrahtzaun.

6

Johanna rannte die Schotterstraße entlang, einfach immer geradeaus. Die Luft war kalt und voll Nebelschwaden. Als sie hinter sich Hundegebell und das Geräusch eines Autos hörte, verließ sie die Straße. Zweige schlugen ihr ins Gesicht. Es gab keine Wege mehr. Sie stolperte, stand wieder auf und hastete weiter durch das Dickicht in der Dunkelheit.

Nur weg, dachte sie. So weit, wie möglich ...

Nach ein paar Stunden gaben die Wolken auf einmal den Mond frei. Im silbrigen Licht fand sich Johanna am Rand eines Waldes wieder. Vor ihren Füßen schwappten leise glitzernde Wellen eines Sees.

Mutters Gutenachtgeschichten fielen Johanna ein, in denen Feen und Elfen im Mondlicht aus dem Nebel auftauchten und über die Wasser tanzten.

Aber nicht nur ihr Herz war schwer, ihre Beine waren Bleiklumpen. Unter umgestürzten Zedernbäumen fand sie einen Hohlraum, in dem es warm und trocken war. Als sie sich dort hinein legte, schlief sie sofort ein.

Es war noch fast dunkel, als Johanna aufwachte, weil ihr der Rücken weh tat. Sie hatte auf Steinen und kantigen Hölzern gelegen. Vorsichtig dehnte und reckte sie sich.

Wenn ich jemals in meinem Leben wieder ein eigenes Bett haben sollte, werde ich jeden Abend vor diesem Bett eine Verbeugung machen, schwor sie sich und schaute über den Rand ihres Baumstammes. Irgendwo dort oben hinter den dicken Nebelschwaden musste die Sonne aufgehen. Sie spürte, wie das Licht zunahm, aber noch lag eine seltsame Fahlheit über allem, machte die Dämmerung schwer und zäh. Es roch nach Moos, Pilzen und Rinde. Plötzlich war da ein Knacken und Krachen im Unterholz. Es kam näher.

Johanna duckte sich hinter ihren Stamm. Sie wagte nicht zu atmen.

Einige Meter entfernt löste sich aus dem Gestrüpp des Waldes ein riesiges Tier. Eine Elchkuh, gefolgt von ihrem Kalb, stapfte gemächlich zum See. Sie wandten die erhabenen Köpfe nach links und rechts, um dann ein Bad zu nehmen. Unter der Wasseroberfläche zogen sie Grünpflanzen heraus und zermalmten sie genüsslich. Johanna konnte das Schmatzen hören.

Das Elchkind war zuerst satt und nahm seine dicke, runde Nase in die Höhe, bis auch die Mutter ihren Kopf wieder aus dem Wasser hob. Dann kehrten sie um, kamen langsam wieder heraus, Schritt für Schritt vorbei an Johanna und verschwanden im Wald.

Als nichts mehr von ihnen zu hören war, kletterte Johanna aus ihrem Versteck, rannte ein wenig hin und her. Warm werden und Gelenke schmieren, hatte Sam immer gesagt. Ob er noch im Gefängnis war?

Die Sonne ging auf. Johanna zog Schuhe und Strümpfe aus und machte ein paar Schritte ins Wasser. Es war eiskalt. Sie wusch sich das Gesicht und löschte ihren Durst. Dann setzte sie sich auf einen Baumstamm, holte Möhren und Brot aus ihrem Sack und nahm die Landkarte zur Hand.

Die Sonne geht im Osten auf und Yakima liegt südöstlich von Puyallup, also muss ich in dieser Richtung weiter laufen, überlegte Johanna.

Auf einmal krachte es hier, dann wieder da. Als ob jemand in der Nähe wäre. Sie griff nach dem Küchenmesser. Da war es wieder, das Knacken. Direkt hinter ihr. Blitzschnell drehte sie sich um. Aber sie konnte nichts erkennen.

Plötzlich war alles still. Das Knacken hatte aufgehört.

Merkwürdig, dachte sie. Vielleicht war es ein Waschbär oder ein Kaninchen.

Aber das Gefühl, beobachtet und verfolgt zu werden, ließ sie von jetzt an nicht mehr los. Auch nicht, als sie um den See herum immer der Sonne entgegen ging.

Als sich der Wald lichtete, führte ein Weg hinunter ins Tal zu einem Farmhaus. Die grauen Holzwände glitzerten in der Morgensonne. Kühe und Schafe weideten auf den Wiesen, und von einer Leine winkten Wäschestücke. Zwei Kinder spielten mit einem zotteligen Hund im Gras.

Johanna versteckte sich im Buschwerk und beobachtete, wie eine Frau aus der Haustür trat, ihren Hut mit einer Nadel feststeckte und die Kinder zu sich rief.

Aus dem Schatten hinter der Scheune kam der Bauer mit einer Kutsche und hielt vor dem Haus. Alle stiegen ein. Der Mann schloss die Tür ab und kletterte zurück auf den Kutschbock. Mit lautem Peitschenknallen fuhren sie davon. Bellend lief der Zottelhund hinterher, bis sie anhielten und ihn aufspringen ließen. Johanna hörte noch das fröhliche Lachen, dann verschwanden sie hinter dem Hügel.

Vater, Mutter und zwei Kinder, dachte sie. Eine Familie, wie wir es waren. Sie wartete noch eine Weile, um sicher zu sein, dass niemand mehr auf der Farm war, dann lief sie zum Hof hinunter und kletterte über den Zaun. Vor dem

Haus war ein riesiger Kastanienbaum. Er trug noch keine Blätter, aber dicke, pralle Knospen. An einem Ast hing eine Schaukel.

Johanna gab dem Brett einen leichten Schubs. An ihrem achten Geburtstag hatte der Vater sie mit einer Schaukel überrascht. Als sie am Morgen aufgewacht war und aus dem Fenster geschaut hatte, hing sie im großen Wallnussbaum vor ihrem Haus.

Johanna schloss die Augen und sah ihren Hopfenbauernhof vor sich mit seinem rostbraunen Ziegeldach und den grünen Fensterläden. Das Herz wurde ihr schwer. Sie wischte sich Tränen aus den Augen und setzte sich auf das Brett.

Mit Schwung begann sie hoch und immer höher zu schaukeln, bis der Kastanienbaum ächzte und stöhnte. Dann überließ sie sich dem Schwingen. Hin und her ... Als es schwächer wurde, sprang sie vom Brett. Sie lief über den Rasen zur Wäsche, die im Wind an der Leine zerrte und wählte ein himmelblaues Kleid mit Volants am Saum und lauter Margeriten. Sie hielt es an sich und tanzte ein paar Mal damit im Kreis herum. Dann klammerte sie das Blumenkleid wieder an die Leine und suchte sich ein Hemd. Ein dunkelgrünes mit lustigen, bunten Flicken auf den Ärmeln gefiel ihr, aber es wäre zu auffällig für sie gewesen. Sie gab dem Flickenärmel einen Klaps.

Nur nichts Blaues, dachte Johanna und begann das Oberteil ihrer Schuluniform aufzuknöpfen.

Adieu, Nummer siebenunddreißig! Sie warf die Jacke hoch in die Luft und nahm sich eine braune Hose, ein graues Hemd und löste eine grauschwarz karierte Jacke von der Leine.

In einem Korb auf der Eingangstreppe des Hauses entdeckte sie einige schrumpelige Äpfel und stopfte sie in ihren Kopfkissensack. Im kleinen Gemüsegarten nahm sie der Vogelscheuche den Strohhut ab und setzte ihn auf.

Jetzt erkennt mich so schnell keiner mehr, dachte sie und warf noch einmal einen Blick zurück.

Es ist kein Mensch zu sehen, dachte sie. Und trotzdem ist mir, als ob jemand da ist.

Dieses Gefühl verließ sie erst, als sie die Straße hinunter gerannt war und von fern eine Stadt sehen konnte.

Das Ortsschild verriet: Es war Tacoma.

Johanna lief die Häuserzeilen ab, bis sie das graue Gebäude gefunden hatte. Sie kletterte auf einen Baum, um von oben durchs Fenster hineinsehen zu können. Aber die Gefängniszelle war leer. Sie schlenderte durch die Straßen hinunter zum Pudget-Sound. Von hier konnten die Schiffe bis zum Pazifischen Ozean oder im Norden bis nach Canada oder Alaska gelangen. Die Sonne schien sehr warm.

Johanna sah eine Weile dem Treiben im Hafen zu, wie die Kräne Baumstämme von Eisenbahnwaggons auf Schiffe luden. Noch nie hatte sie so dicke Stämme gesehen. Manche waren mehrere Meter dick im Durchmesser. Es roch nach Meer, Salz, Fisch und Qualm.

Johanna begann auf den Eisenbahnschienen zu balancieren.

Woll'n wir doch mal sehn, ob wir nicht einen schönen leeren Waggon nach Yakima finden, dachte sie und musste vor sich hin lächeln, weil Sam so reden würde. Er wäre stolz auf seinen Stinker.

Johanna fühlte sich heiter, so als würde es nicht mehr lange dauern, bis sie ihre Eltern wiedersehen und ihnen um den Hals fallen könnte.

Der Weg zum Bahnhof führte durch eine Seitenstraße. Niemand war zu sehen außer drei elegant gekleideten Herren weiter vorn auf der Fahrbahn. Als Johanna näher kam, hörte sie ihr Lachen und sah, wie sie einen Indianer herum schubsten, immer von einem zum anderen. Dann schlugen sie ihn.

Johanna hörte das Klatschen der Schläge. Ihre Knie wurden weich. Sie drückte sich an die Hauswand. Sie wollte nicht zusehen.

Lieber Gott, hilf ihm!, betete Johanna. Ein dumpfer Schlag ließ sie auffahren. Sie sah das Opfer zu Boden sinken. Die Männer traten ihre Stiefelspitzen in seine Rippen. Der Indianer wollte aufstehen, aber einer der Männer stellte ihm seinen Fuß in den Nacken.

„Dreckskerl, putz mir die Schuhe. Los, mit deiner Zunge!", rief einer. Die anderen lachten Beifall. Als der Junge sich aufrichten wollte, schubsten sie ihn erneut mit dem Gesicht in den Staub. Aber er kam wieder hoch. Da schlug ihm einer der Männer den Knauf seines Gehstocks auf den Kopf. Der Indianer brach zusammen und rührte sich nicht mehr.

Die Männer klopften sich den Staub von den Schultern. „Nicht mal zum Schuheputzen taugen diese Rothäute. General Custers hat Recht, der beste Indianer ist ein toter Indianer." Die anderen pflichteten ihm bei, und damit verschwanden sie hinter der nächsten Straßenecke.

Johanna fühlte ihren Körper erstarren. Wie eine Säule lehnte sie mit feuchten Achselhöhlen an der Hauswand. Nur in ihrer Mundhöhle kribbelte es und kribbelte ...

Plötzlich Peitschenknallen! In rasender Fahrt brauste ein Pferdefuhrwerk in die Straße. Der Indianer hob den Kopf.

Großer Gott!

„Joeee ...!", schrie Johanna. Mit einem Satz war sie auf der Fahrbahn, warf sich auf ihn, umklammerte ihn und rollte mit ihm zur Seite bis an die Hauswand. Das Fuhrwerk schoss vorbei, ein zweites folgte hinterher. Dann wurde es wieder ruhig in der Straße. Der aufgewirbelte Staub legte sich langsam auf Joe und Johannas Körper. Sie wollte etwas sagen, aber ihre Kiefer krampften.

Wir müssen hier weg, weg von diesen Menschen, dachte sie und rappelte sich auf. Sie legte Joes Arm um ihre Schultern, zog ihn hoch und stützte ihn. Sie schleppten sich in Richtung Holzhafen und stolperten mühsam die Gleise entlang. Neben ihnen begannen auf einmal Räder zu rollen. Ganz langsam setzte sich ein leerer Holztransportwagen in Bewegung.

Johanna gab Joe ein Zeichen. Dann nahmen sie alle Kraft zusammen und kletterten hinauf. Erschöpft fielen sie auf die Eisenplanken. Der Zug wurde schneller und nahm sie mit hinaus aus Tacoma und auf die Olympische Halbinsel.

Joe und Johanna konnten die harten Ruckbewegungen des Wagens nicht auffangen. Sie schlugen auf dem Metallboden hin und her und hatten Mühe, sich festzuhalten. Die Eisenteile krachten und die großen Ketten, an denen die Baumstämme befestigt wurden, rasselten und klapperten. Es war ein Höllenlärm.

Johanna sah, wie Joe sich an einen Pfeiler klammerte. Sein linkes Auge schwoll an. Aus der Nase und den aufgeplatzten Lippen rann Blut. Sein Kopf schwankte hin und her. Ab und zu schüttelte ihn ein röchelnder Husten.

An einer Brücke verlangsamte der Zug seine Fahrt und zwei Holzfäller sprangen auf.

„Was macht ihr denn hier?"

Johanna zuckte mit den Schultern. Der Kleinere von ihnen zeigte auf Joe. „Wer hat den so zugerichtet?"

Johanna machte ihm mit Handzeichen verständlich, dass sie nicht sprechen könne.

Die Männer hockten sich an einen der Pfähle, kramten Brot und Trockenfleisch aus ihrer Tasche und schoben sich abwechselnd kleine Stücke davon in den Mund.

Johanna spürte auf einmal ihren Magen und verfolgte jeden Bissen der Männer.

„Da, nimm." Der Größere reichte ihr Brot und Fleisch. Dankbar nahm sie es an, biss einmal hinein und verstaute dann beides in ihrem Sack.

„Ihr seht aus, als seid ihr irgendwo ausgerissen. Ihr solltet woanders untertauchen als im Wald. Die Holzfällerei ist eine gefährliche Sache."

Der Zug fuhr jetzt wieder schneller, und das Klacken der Eisenketten verschluckte jedes weitere Gespräch. Es roch nach Meer. Sie fuhren den Pudget-Sound entlang. Als sie eine lange Mündungsbrücke überquerten, verlangsamte der Zug erneut seine Geschwindigkeit.

„He, ihr Zwei!" Der Holzfäller hatte fertig gegessen. „Verschwindet. Wenn der Zug das Ufer da vorne erreicht hat, könnt ihr abspringen, ohne euch weh zu tun. Danach fährt er wieder ziemlich schnell, und es geht tief in den Wald von Grays Harbour hinein."

Johanna schaute verständnislos. Grays Harbour?

„Die Gesellschaft der Holzbarone. Denen gehört der Wald." Er schlug sich mit beiden Händen auf die Schenkel und lachte. „Da gibt es dann nur noch Holz, meilenweit verdammt gutes Holz."

Der andere zeigte auf das Ende der Brücke. „Ihr müsst abspringen, letzte Gelegenheit ..."

Sich mit Holzfällern anzulegen, hatte keinen Sinn. Auf eine neue Tracht Prügel hatten sie wirklich keine Lust. Sie nickten den Männern zu, sprangen vom Zug und rollten den Bahndamm hinab. Sie landeten direkt am Strand des Pudget-Sound. Schweigend klopften sie sich den Sand ab und wanderten ein Stück am Ufer entlang.

Auf einmal warf Joe alle Kleidungsstücke von sich und rannte ins Wasser. Johanna setzte sich in den Sand und beobachtete, wie er in den Wellen herum ruderte.

Nach einer Weile kam er zurück. Langsam und ruhig war er, wie verwandelt. Als habe er alles Böse, all die Schläge von seiner nackten Haut ins Meer gespült.

Johanna wusste nicht, wo sie hingucken sollte. Sie stand auf und wanderte den Strand entlang.

Ich würde so gerne mit Joe sprechen, dachte sie. Ich habe so viele Fragen an ihn, aber es geht nicht. Sie fühlte sich stark zu ihm hingezogen. Sie brauchte ihn nicht zu sehen, schon wenn sie nur an ihn dachte, breitete sich ein warmes, merkwürdiges Gefühl in ihr aus, das sie sich nicht erklären konnte.

Zu ihren Füßen, knapp unter der Wasseroberfläche leuchteten weiße, halbrunde Muscheln aus dem Sand. Johanna hob eine davon auf und legte sie in ihre Hand. Ihre Finger glitten über die Rillen der festen Kalkschale. Da legte sich eine Hand in ihren Nacken. Sie drehte sich um und sah in Joes Gesicht.

„Danke." Sein linkes Auge war nur noch ein Spalt. Johanna sah an ihm herunter. Er hatte die Hose angezogen. Sie musste lächeln. Schweigend wanderten sie zusammen den Strand entlang. Johanna fühlte sich leicht neben Joe und merkwürdig geborgen.

„Warum sprichst du nicht?", unterbrach Joe das Schweigen. Ich will es versuchen, dachte Johanna. Für Joe will ich es noch einmal versuchen. Sie konzentrierte sich. „Iii ...Iii ..." Ihre Kiefer krampften und konnten das Zittern der Lippen nicht aufhalten. Sie hob die Schultern und ließ sie wieder fallen.

Was wird er von mir denken?

„Du kannst sprechen", sagte Joe ruhig. „Du hast meinen Namen gerufen, als ich am Boden lag."

Johanna erwiderte nichts, schaute nur zur Seite.

Nach einer Weile sagte Joe leise: „Es ist möglich, dass ein Geist deine Sprache festhält."

Ein Geist?

Johanna stellte sich ein Gespenst vor. Weiß, mit einer spitzen Kapuze und riesigen, schwarzen Augenlöchern saß es auf ihrem Rücken und hielt ihr von hinten den Mund zu.

Nun ja ... Sie musste lächeln. Irgendeine Macht hält meine Sprache fest. Sie lässt die fertigen Worte nicht heraus.

Sie seufzte. Und wenn meine Ohren dieses Stottern hören, habe ich das Gefühl, in mir verschwinden zu müssen. Aber es stimmt. Joe hat Recht. In Tacoma habe ich geschrien. Geschrien, ohne zu stottern. Johanna nickte. Ja, ein Geist hält meine Sprache fest.

Joe sah sie an. Seine Augen waren sanft und ernst. „Komm mit in mein Land. Dort gibt es gute Geister, die sich zu uns gesellen und helfen können. Aber zuerst müssen wir den langen Weg durch den Wald zurücklegen."

Ich will aber nach Yakima, dachte Johanna und schüttelte den Kopf. Sie holte ihre Landkarte hervor und faltete sie auf dem Boden auseinander. Sie suchte Yakima, zeigte darauf und versuchte Joe klar zu machen, dass sie genau dorthin wollte und nicht zu der Quinaultreservation, die sich entgegengesetzt, weit im Nordwesten der Olympischen

Halbinsel, am Pazifischen Ozean befand.

Joe schien sie nicht richtig zu verstehen.

„Wir könnten Tsadjaks Tanz tanzen. Er wohnt am Meer und ist ein guter Geist, der schon viele geheilt hat. Wenn Tsadjak oder einer der anderen Geister dir geholfen hat, bringe ich dich nach Yakima." Joe sagte das so überzeugt, als sei dies die einzige Möglichkeit. Dann lächelte er.

Johanna wandte sich ab. Sie musste in Ruhe nachdenken, ob sie mit Joe zu den Quinaults gehen sollte. Sie hatte Angst vor der Wildnis.

Andrerseits, Joe kennt die Wildnis wie Sam die Tricks der Straße, dachte Johanna. Und wenn ich bei den Quinaults wirklich meine Sprache wiederbekomme ...

Ich glaube nicht an Geister. Sie seufzte. Aber ich kann auch nicht sicher sein, meine Eltern in Yakima vorzufinden.

Johanna hob einen Stein auf und warf ihn ins Wasser. Sie wusste einfach nicht, wie sie sich entscheiden sollte. Nachdenklich kehrte sie zu Joe zurück und faltete die Landkarte wieder zusammen.

Er hatte Blätter und Schachtelhalme gesammelt. „Magst du?"

Hoffentlich sind die nicht giftig, dachte Johanna und probierte zaghaft ein Blättchen.

Es schmeckte gar nicht schlecht. Sie holte aus ihrem Sack das Messer, die Äpfel, Haferflocken und Möhren und teilte mit Joe. Sein Gesicht blieb ernst. Johanna beobachtete ihn so unauffällig wie möglich. Erst jetzt fiel ihr die braune Manchesterhose und sein dunkelgrünes Hemd mit den bunten Flicken am Ärmel auf. Das hatte sie doch auf der Leine bei der Farmerfamilie gesehen. Ihr Gefühl beobachtet und verfolgt zu werden, hatte sie also nicht getäuscht.

Joe stand auf und ritzte mit dem Messer das Stammholz eines Baumwollbusches auf. Harz tröpfelte heraus. Er fing die klebrige Masse mit dem Messer auf und schmierte sie sich über die Wunde unter dem Auge. „Damit es nicht eitert", erklärte er.

Dann packten sie ihre Sachen zusammen und kletterten den Bahndamm hinauf. Die Sonne war hinter dem Wald verschwunden und es wurde kühl. Nebel zog auf.

Als sich von weitem die Rauchsäule einer Lokomotive ankündigte, wurde Johanna unruhig. Jetzt musste sie sich entscheiden, entweder mit Joe zu den Quinaults oder allein nach Yakima.

Der Zug kam näher. Vor der Landbrücke verlangsamte er seine Fahrt.

‚Tue, was dein Herz dir sagt', hatte Sam gesagt, dachte Johanna.

Die ersten Wagen ratterten an ihnen vorbei. Joe gab ihr ein Zeichen und lief neben dem Zug her, hielt sich an einem Hohleisen fest und sprang auf. Er winkte ihr zu.

Ich mag nicht mehr allein sein! Und ich mag Joe, dachte sie. Und dann rannte sie, um seine Hand zu greifen, die er nach ihr ausstreckte und die sie sicher zu ihm auf den Wagen hinaufzog. Begleitet vom Rattern und Klappern der Eisenteile wurden die beiden in den immer dichter werdenden Nebel hineingezogen, bis die Dunkelheit der beginnenden Nacht sie vollständig aufnahm.

7

Irgendwann wurde das Rattern langsamer. Der Zug kam zum Stehen. Die Eisenketten klackten noch eine Weile. Halb erstickt vom Nebel drangen Männerstimmen aus der Ferne zu ihnen. Es war dunkel und feucht.

Joe stand auf. „Bleib hier", raunte er und verschwand.

Die Zeit verging.

Johanna konnte vielleicht eine halbe Wagenlänge weit sehen, dann endete ihr Blick im Dunkelgrau. Kein Laut war zu hören. Ihre Glieder schmerzten von den harten Eisenplanken.

Ihr war kalt.

Wo ist Joe? Warum kommt er nicht wieder?

Leise begann es zu regnen. Die Feuchtigkeit kroch in Johannas Kleider.

Was ist, wenn Joe sich an den Weißen rächen will und ich sein Opfer bin? Johanna wurde unruhig. Wie konnte ich ihm einfach vertrauen? Ich muss hier weg, dachte sie. Ich muss weg! Sie stand auf, umklammerte ihren Sack, kletterte vom Waggon und tastete sich vorsichtig die Gleise entlang. Der zunehmende Regen machte die Holzbohlen unter ihr gefährlich glatt und glitschig.

Ich muss aufpassen, wo ich hin trete, muss ja nur vor, bis zur Lokomotive, dachte Johanna. Bestimmt ist dort ein Bahnhof oder Häuser und Menschen.

Plötzlich rutschte ihr Fuß zwischen zwei Bohlen. Das Schienbein ratschte eine scharfe Holzkante hinab.

„Auuu...!" Johanna blieb keine Zeit, sich über ihren Schrei zu wundern. Sie hatte sich gerade noch an einem Eisenteil festhalten können und zog sich vorsichtig wieder hinauf.

Da hörte sie etwas aus dem Dunkel und blieb stehen.

Joe?

„Was ist passiert?", hörte sie seine Stimme näher kommen. Dann löste sich seine Figur aus dem Grau. Johanna zeigte auf das Loch zwischen den Hölzern zu ihren Füßen und auf ihr Schienbein.

„Komm mit", flüsterte Joe.

Sie kletterten wieder auf den Wagen, liefen die geriffelten Planken bis zum Ende, gelangten zum nächsten Wagen, überwanden das Verbindungsstück und alle weiteren achtundzwanzig Anhänger, bis vor zur Lokomotive. Dort sprangen sie vom Zug und wanderten auf dem weichen Waldboden weiter. Schwaches, mehliges Licht durchbrach den Nebel. Die Umrisse eines Personenwaggons waren zu erkennen. Er stand allein auf einem Abstellgleis. Hinter den matt erleuchteten Fenstern huschten Schatten hin und her. Männerstimmen und das Klatschen von Karten auf einem Tisch waren zu hören. Es regnete nicht mehr. Der Nebel hatte sich gehoben, lag wie eine weiche, graue Decke über ihren Köpfen.

Joe lief voraus, vorbei an Hütten zu einem Hohlweg zwischen riesigen, gefällten Baumstämmen. Johanna hatte Mühe hinterher zu kommen. Auf einmal blieb Joe stehen und breitete seine Arme aus.

„Hier beginnt der abgeholzte Wald. Es ist zu gefährlich im Dunkeln weiter zu laufen. Überall sind scharfe Spitzen, Graten und Splitter. Zweige und geborstene Äste mit Widerhaken bedecken den Boden. Bleib hier stehen, ich suche uns einen Schlafplatz."

Johanna schüttelte den Kopf. Sie wollte nicht mehr allein bleiben. Aber Joe legte ihr den Arm um die Schulter: „Ich bin gleich zurück."

Johanna blieb nichts anderes übrig. Sie blieb stehen, sah, wie er hinter Baumstämmen verschwand und an anderer Stelle wieder auftauchte. Dann winkte er ihr zu. Sie folgte ihm zu einem Hohlraum unter aufeinander liegenden Rotzederstämmen.

„Hier bleiben wir heute Nacht", sagte er und zog sie zu sich herunter. In dem länglichen Raum war es trocken und warm. Den Boden bedeckte eine dicke Schicht Rindenmehl. Ein weiches Lager. Johanna holte Brot und das Trockenfleisch der Holzfäller hervor.

Ein Streifenhörnchen hüpfte herbei und ein zweites gesellte sich dazu. Sie setzten sich auf ihre Hinterpfoten, putzten sich die Schnäuzchen und holten sich kleine Brocken aus Johannas Hand.

Sie musste daran denken, wie sie das erste Streifenhörnchen ihres Lebens gesehen hatte und es töten wollte. Es schien eine Ewigkeit her zu sein.

Joe hatte sich hingelegt. An seinen tiefen Atemzügen erkannte Johanna, dass er bereits eingeschlafen war. Armer

Joe! Vorsichtig legte sie sich neben ihn. Es war schön, so nah bei ihm zu sein.

Am nächsten Morgen erwachte Johanna, als Joe vorsichtig seinen Arm unter ihrem Kopf hervorzog.

Von dieser Eisenbahnfahrt muss ich tausend blaue Flecken haben, dachte sie und tastete ihre Arme und Beine entlang. Sie sah Joe ins Freie kriechen und folgte ihm. Draußen dämmerte es. Der Nebel hatte sich gehoben und stand wie weiße Watte über dem abgeholzten Land.

„Komm", sagte Joe. „Wir müssen hier weg sein, bevor die Holzfäller mit der Arbeit anfangen." Er begann davon zu hüpfen, von Baumstumpf zu Baumstumpf.

Johanna blieb stehen. Vor ihr ragte aus einem riesigen Holzteller ein Spreit in die Höhe - hoch wie das Segel eines Schiffes. Was für uralte Bäume hatten hier gestanden! Soweit Johannas Augen reichten, waren Baumstümpfe zu sehen. Manche hatten einen Durchmesser von vier bis fünf Metern. Dazwischen türmten sich Asthaufen, Reisigberge und aufgewühlte Erde. Wie sollten sie durch dieses Durcheinander kommen? Nie würden sie das schaffen.

Joe bemerkte ihr Zögern und kam zurück. „Es gibt keinen anderen Weg. Wir müssen hier durch. Es ist gefährlich, Gabriel. Du musst aufpassen, wo du hintrittst. Du kannst dir die Füße brechen. Diese Asthaufen und Löcher sind unberechenbar. Und jetzt komm, ich gehe voraus." Er sprang von Baumstumpf zu Baumstumpf oder trippelte mit leichten, federnden Schritten zwischen ihnen hindurch. Johanna folgte ihm.

Sie liefen, fielen, stolperten über Äste, standen wieder auf und kletterten über riesige Stümpfe. Bald hatte Johanna Schmerzen in den Oberschenkeln. Ihre Kleidung war zerrissen. Von ihrem Schienbein lief Blut in den Schuh. Auf einem riesigen Baumstumpf blieb sie stehen. Sie schaute zurück und konnte es nicht fassen. So eine kurze Strecke hatten sie erst zurückgelegt? Wie war das möglich? Und wie weit sich das verwüstete Land noch vor ihnen ausbreitete!

Der Nebel stieg auf, wurde zum grauen Himmel. Zum

Glück fanden sie eine Spurrille, auf der die Bäume aus dem Wald gezogen worden waren. Für sie war es ein Weg, auf dem sie leichter in die Berge hinaufwandern konnten.

Nach einer Zeit konnte Johanna trotzdem einfach nicht mehr weiter. Erschöpft ließ sie sich auf den Stumpf einer Douglasfichte fallen und schloss die Augen.

Joe kam zurück.

„Gabriel, du musst etwas essen."

Er soll mich in Ruhe lassen, dachte sie.

Joe nahm ihr den Sack aus der Hand und legte Johanna einzelne Haferflocken auf die Lippen. Es kitzelte. Sie schlug die Augen auf und setzte sich. Dann aßen sie Äpfel, Trockenfleisch und Möhren, bis Joe aufstand und zum Horizont wies. „Gabriel, ich muss dir was zeigen."

Johanna erhob sich. Unter blauem Himmel mit weißen Kumuluswolken zeigten sich in der Ferne die schneebedeckten Gipfel eines Hochgebirges.

Fast wie zu Hause, dachte Johanna. Ihr wurde schwer ums Herz. Wie zu Hause in Deutschland, wenn man oberhalb von Tettnang über den Bodensee sieht und auf der anderen Seite am Schweizer Ufer den Säntis mit seinen weißen Spitzen vor sich hat.

Joe wies mit dem Finger zu den Bergen. „Ihr nennt sie die Olympic-Mountains", erklärte er. „Siehst du die kleine Bergspitze ganz links? Da ist die Quelle unseres Quinaultflusses."

Dort also beginnt Joes Heimat, dachte Johanna.

Es begann zu regnen, und auf einmal schüttete es wie aus Kübeln vom Himmel, dass sich die beiden beeilten, unter hohlen Baumwurzeln einen trockenen Platz zu finden.

Seit sie auf der Olympischen Halbinsel waren, begleiteten sie Nebel, Wolken und Regenschauer. Das Erdreich vollgesogen, haftete mit bleierner Schwere an ihren Schuhen.

Alles ist voll Wasser, wunderte sich Johanna. Sogar die Luft. Man braucht gar nichts trinken. Wenn man den Mund öffnet und einatmet, muss man aufpassen, sich nicht zu verschlucken.

Sie hatte Sehnsucht nach Wärme und Sonne, aber die Sonne blieb weiter hinter den Wolken oder war nur in weiter Ferne am Abend als roter Ball zu sehen.

Nach drei Tagen erreichten sie gegen Abend am Wynoochee-See einen kleinen Ort. Am anderen Ufer begann endlich der Wald. Damit sie nicht gesehen wurden, umwanderten sie das bewohnte Gebiet und überquerten dabei Bahngleise, die vom Westen irgendwohin in die Berge führten.

Sie waren neu, das Holz war noch hell.

„Es sieht aus, als würde sich Grays Harbour tiefer ins Land fressen", murmelte Joe. „Weiter dürfen sie unseren Wald nicht mehr abholzen. Präsident Roosevelt hat das Gebiet nördlich des Sees zum Nationalmonument erklärt." Sein Gesicht wurde düster. „Aber wenn die Barone der Holzgesellschaften dem Präsidenten genügend Geld geben, dann wird die Grenze auf den Landkarten einfach wieder verschoben. Das war schon immer so."

Sie überquerten die Bahngleise und gelangten auf einem Kiesweg zum Ufer des Wynoochee-Sees.

„Ihr kauft den Wald, um ihn zu zerstören", schimpfte Joe und blieb stehen. Seine Augen funkelten. „Warum versteht ihr nicht, dass man Wald nicht kaufen kann? Er ist frei. Er muss mit all seinen Pflanzen und Tieren, mit seinen Geistern und Geheimnissen leben können." Joe schaute Johanna an, als erwartete er eine Antwort. „Wir achten den Wald, weil wir mit ihm verbunden sind. Und was macht ihr? Ihr zerstört ihn! Weil ihr weder Achtung noch Liebe habt vor dem, was euch der Schöpfer gibt, wovon wir alle leben, von der Luft, vom Wasser, vom Licht der Sonne und Mutter Erde." Er wandte sich ab und ging mit Riesenschritten, die Hände in den Hosentaschen, auf das Seeufer zu.

Johanna fühlte sich wie ein getretener Hund, der seinem Herrn hinterherlaufen muss.

„Da, sieh dir das an." Joe blieb stehen und zeigte auf einen Haufen Blechkanister. „Öl zum Schmieren der Drahtseilwinden!" Schwarze Spuren rannen in das klare

Wasser des Sees und bildeten einen schillernden Film.

„Auch vor dem Wasser habt ihr keine Achtung." Joe schaute zum Himmel, wo der blasse Spätnachmittagmond zu sehen war. „Wahrscheinlich liebt ihr nicht einmal den guten Vater Mond." Er blieb stehen und sah, wie die breite Sichel langsam, ganz langsam höher stieg.

Johanna wollte ihm sagen, dass es auch naturliebende Weiße gibt. Sie formte die Lippen und versuchte zu sprechen. „Dddaaa ...Dddaaa ..."

„Ja, gut ...!", munterte Joe sie auf, und seine Stimme war wieder ganz sanft. „Versuche es nur. Immer wieder. Gib nicht auf, mit mir zu sprechen. Du musst die Angst vor dem bösen Geist, der deine Worte festhält, verlieren."

Johanna schluckte. Er war so lieb zu ihr. Sie ließ den Mond nicht aus den Augen. Der Mond ... Ihr fiel auf einmal die Melodie ein. Sie kam aus ihren Gedanken. Sie summte zunächst, summte und dachte die Worte dazu:

Der Mond ist aufgegangen,
  die goldnen Sternlein prangen
  am Himmel hell und klar.
Der Wald steht schwarz und schweiget
  und aus den Wiesen steiget
  der weiße Nebel wunderbar.

Joe sah zu Johanna.

Ich habe mich summen gehört, wunderte sie sich. Sie wusste nicht, ob ihr vom Summen oder von Joes Blick so warm wurde. Und dann gelang es bei der zweiten Strophe fast von allein. Die Worte verließen mit der Melodie ihren Mund.

„Seht ihr den Mond dort stehen?
  Er ist nur halb zu sehen
  und ist doch rund und schön.
So sind wohl manche Sachen,
  die wir getrost belachen,
  weil unsre Augen sie nicht sehn."

Ich kann singen! – Ich kann wirklich singen, dachte Johanna und das Glück darüber machte ihre Lungen ganz weit. Sie atmete ein paar Mal ruhig und tief, dann sang sie weiter:

„Wie ist die Welt so stille
und in der Dämmrung Hülle
so traulich und so hold.
Wie eine stille Kammer
wo ihr des Tages Jammer
verschlafen und vergessen sollt."

Ich habe gesungen. Ich habe ganze Sätze gesungen! Sie schaute zu Joe, und jetzt war sie sicher. Sie würde ihre Sprache wiederbekommen. Ganz bestimmt.
Johanna fühlte sich wie eine Feder.
Schweigend wanderten sie weiter am Ufer entlang. An der Mündungsstelle des Wynoochee-Rivers mussten sie den Fluss durchqueren. Sie zogen Schuhe und Strümpfe aus und krempelten die Hosenbeine hoch. Das Wasser war wild und eisig. Auf der anderen Seite begann endlich der lang ersehnte Nordische Regenwald.
Joe bat Johanna, trockenes Holz fürs Feuer zu sammeln, während er verschwand, um für die Nacht einen Unterschlupf ausfindig zu machen.
Sie schaute an sich herunter auf das mit Blut verkrustete Schienbein. Wenn ich ganz schnell mache, dachte Johanna, könnte ich ein Bad nehmen. Ich wäre fertig, bevor Joe zurück ist.
Flink zog sie sich aus und rannte ins Wasser. Es war schneidend kalt. Sie wusch das Blut ab und tauchte unter, bis die Kälte anfing zu schmerzen. Dann hüpfte sie am Ufer herum, um sich an der Luft trocknen zu lassen und sammelte dabei Holz. Gerade als Johanna die Unterkleider wieder angezogen hatte, hörte sie Joes Stimme hinter sich.
„Komm!" Es klang heiser. Joe nahm das Holz auf. Schnell warf sich Johanna ihr Hemd über. Dann rannten sie in den

Wald. Joe führte sie zu einer Rotzeder.

„Chitem wird uns aufnehmen", sagte er. „Ich komme gleich zurück."

Chitem?

Was für ein Baum! Er war hoch und sehr breit. An seinem Fuß hatte sich eine Baumhöhle gebildet. Auf allen Vieren kroch Johanna durch das Loch des Stammes in den Baum hinein. Die rotbraunen Wände waren warm und dufteten. Es war wunderbar ruhig. Johanna ließ ihre Finger über die Wülste und Fasern wandern, die aus dem Boden kamen und sich die Wände hoch bis weit über ihr in einer Spirale zu einem Spitzdach verbanden.

Ein Raum wie ein Zelt! Hier waren sie geschützt.

Johanna fragte sich, wie alt der Baum sein mochte. Zweihundert, dreihundert Jahre oder älter? Sie legte ihren Sack in eine Ausbuchtung und schichtete umherliegendes Rindenmehl zu zwei Lagern auf.

Joe kam zurück und brachte Arme voll Holz mit, Steine, Fische, Farnblätter und Kräuter. Vor dem Eingang der Baumhöhle machte er ein kleines Feuer. „Noch ist es nicht zu feucht", erklärte Joe. „Noch können wir den Fisch grillen, ohne dabei im Qualm zu ersticken."

Während Johanna nacheinander kleine Ästchen auf das Feuer legte, breitete Joe den Fisch auf riesigen Farnblättern aus. Köpfe und Gräten hatte er schon entfernt. Er bearbeitete einen Eibenzweig, entfernte alle Nadeln und kleinen Zweiglein von den Hauptzweigen und legte sie beiseite. Dann schnitzte er dünne, aber kräftige Stöckchen. Wie eine Nadel schob er sie hoch, runter, hoch, runter durch die Filetscheiben.

Johanna beobachtete, wie Joe die Filets zwischen den Steinen fest klemmte, damit sie über der kleinen Flamme gar werden konnten. Dann streute er eine Hand voll Schachtelhalme, Blätter und Knospen darüber, und sofort hüllten sich die Fischstücke in einen wohlriechenden Rauch.

Danach stopfte er sich die Eibennadeln in den Mund,

zerkaute sie und spuckte nach einer Weile grünen Brei auf seine Hand. Mit dem Zeigefinger tupfte er davon etwas auf seine Wunden. Den restlichen Brei schmierte er auf Johannas Schrammen und das Schienbein.

„Damit heilt es besser", erklärte er ihr.

Inzwischen war der Fisch fertig. Noch nie hatte Fisch Johanna so gut geschmeckt. Als sie satt waren, lehnten sie sich mit den Rücken gegen ihren Baumstamm.

Weit oben stand der Nachthimmel über ihnen und schien hell durch den dunklen Baldachin der Zweige, von denen Flechten herunter hingen. Sanft schwangen sie hin und her. Johanna wiegte ihren Kopf, und Joe begann eine Melodie zu singen, deren eigenartige Vokallaute den gleichen Rhythmus hatten wie das Schwingen der Äste. Johanna wurde müde, immer müder. Sie kroch in die Baumhöhle und legte sich auf den Bauch, die Hände unter dem Kinn verschränkt. Sie schaute hinaus zu Joe, der an dem kleinen Feuer saß, leise vor sich hin sang und dabei an langen Fasern herumknüpfte.

Er ist so gut zu mir, dachte sie. Und dann fielen ihr die Augen zu, und sie schlief fest ein.

8

Am nächsten Morgen regnete es.

Johanna erwachte vom Kitzeln langer, rotbrauner Fasern, die Joe zu einem Gewebe knüpfte. Es sah aus wie Bast.

Sie setzte sich auf und sah ihn fragend an.

„Gabriel, ich habe diese Nacht nicht geschlafen und

nachgedacht." Joe zog eine lange, einzelne Faser durch das Geflecht der anderen, dann legte er seine Arbeit zur Seite. „Ich werde alle guten Kräfte des Waldes in mir aufnehmen, um Tamanois zu finden."

Johanna schaute ihn fragend an. Was war Tamanois?

„Tamanois kann ich dir nicht übersetzten. Es ist eine besondere Kraft oder eine Medizin für einen Geist, auf dessen Empfang man sich vorbereiten muss. Tamanois geschieht durch Tanz, geheime Rituale oder auch, indem man fastet, nicht schläft und sich innerlich darauf einstellt, alle Zeichen zu empfangen. Ich werde noch weitere Nächte fasten und wachen und versuchen, einen Schutzvogelgeist zu bekommen. Wir bleiben also noch hier in diesem Baum." Er nahm Asche von der Feuerstelle und hüllte sie in große Farnblätter.

Langsam, fast feierlich begann Joe sich auszuziehen. Er legte seine Kleider sorgsam zusammen. „Du auch …", sagte er. Johanna schüttelte den Kopf und sah an sich herunter.

„Komm schon, wir müssen uns reinigen." Als Joe nichts mehr anhatte, kroch er aus der Baumhöhle und wartete draußen im Regen auf Johanna. Sie zog sich aus, ließ aber Hemd und Unterhose an, als sie ihm folgte.

Was für ein Wald!

Die Äste der riesigen hohen Bäume hingen schwer nach unten. Voll Wasser gesogene, dunkelgrüne Flechten belasteten zentnerschwer die Zweige. Auf Tuffpolstern in allen Höhen, auf Ästen und am Boden wuchsen hellgrüne, tropfenbehangene Farne, deren glitzernde Wasserperlen herunterhüpften. Alle kantigen Strukturen des Waldes war verschwunden. Bei jedem Schritt spürte Johanna, wie der samtene Torf des Waldbodens unter den tausendblättrigen Moosen federte und nachgab. Und in all dieser nassen Schwere spürte Johanna einen Rhythmus. Sie nahm ein Plätschern wahr, ein Fließen, das lauter wurde, immer lauter, zum Rauschen wurde. Durch die Zweige der niederen Büsche zeigte sich vor ihnen ein Wasserfall. Von weit oben fiel er in ein Felsenbecken, das sich vor ihnen ausbreitete, und an dessen Rand hunderte, tausende von kleinen weißen Blüten standen.

Johanna staunte.

Joe legte die Farnblätter mit der Asche auf einen Stein am Rand des Beckens und sprang in das dunkle, blaugrüne Wasser hinein. Er tauchte unter, kam prustend wieder hoch, lachte und schwamm im Kreis. Dann nahm er einen Teil der Asche schmierte sie in seine Haare und massierte damit die Kopfhaut.

„Gabriel, komm ins Wasser!", rief Joe. „Wir müssen ganz rein sein, wenn wir einem Schutzgeist begegnen." Erneut tauchte er unter und die Asche aus seinen Haaren hinterließ eine neblige Wolke im kristallklaren Wasser.

Johanna war skeptisch. Aber sie überwand sich und sprang mit einem Satz zu ihm ins Wasser.

War das kalt! Kalt? Eisig war es! Johanna dachte, sie müsste augenblicklich zu einem Eiszapfen erstarren und holte tief Luft. Dann spürte sie die Wärme von Joes Körper hinter sich. Er hatte seine Hände auf ihre Schultern gelegt.

„Bleib so", sagte er. „Entspann dich."

Entspannen? Wie soll man in so einem eiskalten Wasser entspannen? Aber Johanna blieb stehen.

Joe strich die restliche Asche auf ihre Haare und begann, mit sanftem Druck ihre Schultern zu massieren. Er fuhr den Nacken hinauf, über den Hals und den Hinterkopf bis hin zur Stirn, ließ seine Finger über ihren Schläfen kreisen und zog sie wieder zum Hals hinab.

Johanna war, als würden Rücken und Nacken länger und als würde ihre Starrheit ins Wasser hineingespült werden. Sie schloss die Augen. Es tat so gut!

Mit einem leichten Klaps beendete Joe die Massage und tauchte unter. Johanna schwamm hinterher und folgte ihm zum Wasserfall, ließ seine Wucht auf ihren Nacken prasseln. Als sie zum Baum zurückrannten, war Johanna so warm wie schon lange nicht mehr.

Joe hatte das kleine Feuer über Nacht nicht ausgehen lassen. Sie nahmen von der Feuerstelle einige heiße Steine in die Baumhöhle. Schnell strahlten sie ihre Wärme in den Raum. Joe schlüpfte in seine Kleidung und huschte wieder hinaus.

Johanna zog die nasse Unterwäsche aus und versuchte sie auf den Steinen zu trocknen. Sie kam sich lächerlich vor. Es viel schöner gewesen, nackt zu baden!

Als die Wäsche trocken war, zog Johanna sich wieder an, holte die letzten zwei Möhren und die Haferflocken aus ihrem Sack und legte sie Joe vor den Eingang. Er schüttelte den Kopf und begann, neben sich mit einem Holzstück im Boden zu graben.

Joe hatte nachts einen Ofen gebaut, indem er heiße Steine vom Feuer in ein Erdloch gelegt und wieder zugedeckt hatte. In Schichten lagen dazwischen Kräuter, Farne und mehrere Saiblinge. Behutsam holte er die duftenden Fischfilets hervor, legte sie auf frische Blätter und reichte sie Johanna. „Hier, für dich."

Wieder warmes Essen! Und ohne Gräten! Johanna freute sich.

„Ab heute werde ich fasten", sagte Joe und legte Späne auf einen Haufen. Er hatte nachts einen Stock geschnitzt mit seltsamen ovalen Zeichen. „Tamanois wird mir den Weg weisen, den Geist zu sprengen, der deine Sprache festhält."

Draußen hatte es aufgehört zu regnen. Sie krochen ins Freie und wanderten ein Stück in den Wald hinein. Vor einer Rotzeder blieb Joe stehen. Er klopfte den Stamm von oben nach unten mit dem geschnitzten Stecken ab und begann dabei, singend um den Baum herum zu tanzen.

Ich mache ihm einfach alles nach, dachte Johanna, hob einen Ast vom Boden auf und klopfte ebenso gegen den Stamm.

Joe blieb stehen und wandte sich zu ihr. „Wir achten die Erde, was auf ihr wächst, was Leben verbindet und das Leben selbst, das der Pflanzen und aller Tiere. Wir nehmen nur, was wir wirklich brauchen. Wenn ich also von der

Pflanze etwas haben will, dann bete ich zu ihr, denn ich achte sie. So hat es mich meine Großmutter gelehrt." Joe verbeugte sich vor der Rotzeder und dann sang er in einem Sprechgesang ein altes indianisches Lied:

„Schau mich an, Freund!
Ich bin gekommen, dich um dein Kleid zu bitten.
Du gibst uns, was wir brauchen:
dein Holz, Rinde, deine Äste und die Fasern
deiner Wurzeln, denn du hast Erbarmen mit uns.
Du bist bereit, uns dein Kleid zu geben.
Ich bin gekommen, dich darum zu bitten, Spender langen Lebens.
Ich bitte dich, Freund, zürne mir nicht,
trag mir nicht nach, was ich jetzt mit dir tun werde.
Und ich bitte dich, Freund, erzähle auch deinen Freunden,
warum ich zu dir gekommen bin.
Beschütze mich, Freund!
Halte Krankheiten fern von mir,
damit ich nicht in Krankheit oder Krieg umkomme,
oh, Freund!"

Joe riss lange Rindenfasern vom Baum und Johanna tat es ihm nach. An anderen Bäumen wiederholte sich das Ritual.
Die Arme voller Zedernrinde kehrten sie zu ihrer Baumhöhle zurück. Joe zeigte Johanna, wie sie die Rinde spalten und daraus eine Matte herstellen konnte. Joes Matte war in der Nacht zuvor fertig und zu einem wasserundurchlässigem Umhang geworden. Damit setzte er sich hinaus in den Regen vor ihren Baum.
Johanna begann weiter an ihrer Matte zu arbeiten. Den ganzen Tag knüpfte, knotete und flocht sie. Es regnete ununterbrochen. Am Abend saß Joe immer noch schweigend vor ihrem Baum.
In der Nacht schlief Johanna unruhig. Immer wieder wurde sie wach von den unbekannten Geräuschen dieses Waldes.

Am Nachmittag des nächsten Tages war Johannas Umhang endlich fertig. Es hatte aufgehört zu regnen, und so verließ sie den Baum. Alles war von schwerer Feuchtigkeit durchdrungen. Von weit oben schickte die Sonne ihre Strahlen durch die flechtenverhangenen Zweige und ließ unzählige Tropfen an Farnen, Blättern, Moosen und Spinnennetzen wie verstreute Diamanten glitzern. Im wassertrunkenen Grün standen hunderte von kleinen Regenbogen.

Johanna breitete die Arme aus und drehte sich im Kreis. Was für ein zauberhafter Wald! Sie staunte, und dieses Staunen machte sie irgendwie weit. Johanna spürte, alles um sie herum hatte seinen Einklang, und sie betrachtete Joe in seinem Zedernumhang, wie er inmitten dieses vielfachen Grüns am Fuß ihres knorrigen Baumes saß.

Jetzt ist er ein Teil vom Wald, dachte sie. Und ich bin fremd. Warum ist das so? Behutsam setzte sie sich abseits auf einen umgestürzten Stamm und hüllte ihre Matte um sich.

Still saß Joe vor ihrem Baum.

Johanna stand auf und setzte sie sich schweigend zu ihm. Ihre Gedanken wanderten zurück nach Bodie und nahmen den Weg ein zweites Mal auf, bis sie wieder hier waren, hier bei ihr und neben Joe. Sie wusste nicht, wie lange sie so zusammen gesessen hatten. Das Sprechenkönnen war nicht wichtig und auch die Zeit nicht. Nur der Einklang mit der Umgebung hatte Bedeutung. Das Eintauchen in dieses tausendfache Grün mit all seinen sanften Geräuschen, seinen Schatten, seinen Bewegungen war wichtig und brachte Johanna Ruhe und Ausgeglichenheit, wie sie es seit langem nicht mehr empfunden hatte.

Als es Abend wurde, verhüllte immer dichter werdender Nebel die Äste über ihnen. Johanna holte Holz und sammelte Steine, um sie im Feuer zu erwärmen. Sie fachte die Glut an, pflückte Schachtelhalme, Veilchenblätter, Farne und Kresse und aß alles zu dem kalten Fischfilet.

Joe saß immer noch schweigend mit geschlossenen Augen auf seinem Platz. Johanna beobachtete, wie er seine Lippen öffnete und mit geschlossenen Augen die feuchte Luft einsog, wieder und wieder.

Er hat Durst, dachte sie. Er trinkt Wasser aus der Luft!

Von Zeit zu Zeit sang er fremdartige Melodien. Es war ein merkwürdiger, rhythmischer Gesang.

„A – hee – anann – A – hee – anann – A – hee – annan – A - hee
A – hee – anann – A – hee – anann – A – hee – annan – A – hee ..."

Lange saßen sie in ihren Rindenumhängen nebeneinander, während der Nebel mit dem Rauch des Feuers kämpfte.

Ein großer Vogel flog dicht über ihren Köpfen, eine Eule, die gleich darauf in den milchigen Nebel eintauchte und darin verschwand.

Johanna wurde müde. Sie nahm einen Stein aus dem Feuer mit in die Baumhöhle zu ihrem Lager, legte sich dazu und breitete ihren Umhang über sich. Ein kleiner Ofen, dachte sie, und mit der Wärme kam der Schlaf zu ihr.

Am dritten Tag, als die Sonne wieder einmal durch Wolken und Äste schien, stand Joe auf. Er redete nicht und sah Johanna nicht an. Aber sie wusste, dass sie ihm folgen musste und begleitete ihn zum Wasserfall. Dort legte er seine Kleider an den Rand und sprang ins Felsenbecken. Johanna blieb unschlüssig am Ufer stehen und sah ihm nach. Als Joe wieder auftauchte, wandte er sich schweigend Johanna zu und begann mit ernstem Gesicht seine Arme zu kreisen. Die Handrücken vor dem Bauch aneinander gelegt, schob er auf der Mittellinie seines Körpers langsam senkrecht hinauf, bis sich weit über dem Kopf die Handflächen berührten. Dort drehte er sie nach außen, beschrieb mit den Armen einen Kreis und führte die Hände unten wieder zusammen. Er wiederholte diese Bewegungen in einem eigentümlichen Rhythmus:

Ba-Baaa Ba-Baaa Ba-Baaa Ba-Baaa.

Johanna ahmte die Bewegungen nach, wiederholte sie. Der Rhythmus übertrug sich auf ihren Körper und ließ sie nicht mehr los. Er ergriff sie und klang von nun an in ihr, bei allem, was sie tat.

Ba – Baaa, Ba – Baaa, Ba – Baaa ...

Wie von einem Zwang getrieben, wiederholte sie die Ba-Baaa Bewegungen, wieder und wieder. Das Einhalten von Rhythmus und Bewegung kostete unglaubliche Kraft und Konzentration. Aber sie machte weiter und weiter, bis sie nicht mehr konnte. Erst da ließ sie sich erschöpft auf den Boden fallen.

Johanna spürte, wie ihre Arme und Beine zu zucken begannen. Ihr ganzer Körper vibrierte, bis sie kraftlos dalag und in einen ohnmächtigen Schlaf fiel.

Nach einer Zeit erwachte Johanna und sah auf ihre kribbelnden Hände. Was war mit ihr geschehen? Sie atmete tief den sonnengewärmten Duft des Torfes ein, und hörte Joe singen.

„A – hee – anann – A – hee – annan – A – hee – annann – A – hee..." Leise klatschte er dazu in die Hände.

Johanna spürte, wie sich etwas Steinhartes in ihr löste.

Der Rhythmus ist es, dachte Johanna, der Rhythmus ... Und dann kamen ihr Worte ins Gedächtnis, Worte eines Gedichtes, dass sie als kleines Kind gelernt hatte.

> Vier Brüüüder gehn jahraus, jahrein
> Im ganzen Land spaziiieren.
> Doch jeeeder kommt für sich allein
> Uns Gaben zuzufüüühren.

Es ist genau der gleiche Rhythmus, dachte sie. Wieder und wieder dachte sie den Vers zum Rhythmus und klatschte dazu in die Hände, bis ihre Gedanken die Worte verstießen und sie mit Joe sang: „A – hee – anann – A – hee – anann – A – hee – anann – A – hee..."

Fließendes Singen im Takt! Kein Stocken, sondern „A -

hee ananna, hee-ananna hee ..." Und auf einmal musste sie lachen. Johanna lachte und lachte, bis sie Bauchweh bekam und sich erschöpft und glücklich an ihren Baum lehnen musste. Seit Bodie hatte sie nicht mehr gelacht. Inmitten dieser uralten Bäume, dieser wunderbaren, großen Lebewesen, deren Stämme sie beschützten, hier war es Johanna, als hätte ihr Lachen Fesseln gelöst. Sie legte ihre Arme um die Rotzeder und lief zur Douglasfichte nebenan, zur Hemlocktanne, umarmte auch sie und den großblättrigen Ahorn und ganz zum Schluss umarmte sie ihren schweigenden Freund Joe. Sie setzte sich neben ihn und lehnte ihren Kopf an seine Schulter. Da nahm Joe sie fest in seine Arme.

Joe, dachte sie noch. Lieber, lieber Joe ... Und dann sank sie wieder in einen tiefen Schlaf.

Als Johanna am nächsten Morgen aufwachte, duftete es schon nach Fisch. Sie hatte keinen Hunger, aber Joe erklärte ihr, dass sie viel Kraft verbraucht habe und noch mehr brauchen würde. So aß sie und hörte dabei auf seine Worte, während er ihr im Schneidersitz gegenüber saß.

„Gabriel, der große Schöpfer von uns allen ist Kwantee. Wir Quinaults wissen das. Wir haben die Aufgabe, das Leben zu erfüllen, so, wie es der Schöpfung gut tut. Wenn wir Probleme haben, erbitten wir Tamanois. Ein Schutzvogelgeist hat mir meinen Schutzvogel zugewiesen. Es ist die Eule. Schon in der ersten Nacht habe ich sie gesehen. Lautlos flog sie vor dem Baumloch der Zeder an uns vorbei. In den folgenden Nächten habe ich ihre Laute und Bewegungen beobachtet und in mich aufgenommen.

Gabriel, auch deine Bewegungen habe ich beobachtet. Der böse Geist, der deine Sprache festhält, ist Angst. Diese Angst wohnt tief in dir. Sie umschließt dich wie Lehm. Mit der Zeit kommen Schichten dazu, immer mehr."

Ja, es stimmt, nickte Johanna. Das erste Mal hatte mich Angst in Bodie erstarren lassen. Und dann jedes mal neu, bei dem Priester, in der Einsamkeit und immer, wenn ich etwas sagen wollte oder sollte und nicht ein Wort über meine Lippen kam.

„Um wieder Sprechen zu können, muss Schicht für Schicht aufgebrochen werden", fuhr Joe fort. „Verstehst du? Du musst an dir arbeiten. Es wird dich viel Kraft kosten, aber eines Tages wird die Angst nicht mehr in deinem Körper sein. Deine Sprache wird fließen können." Joe stand auf. „Komm, Gabriel, ich will dir etwas zeigen." Er legte sich vor ihrem Baum mit dem Bauch auf den Waldboden. Johanna legte sich neben ihn. Seinen Finger strichen über die vielfältig verzweigten Wurzeln der Zeder ein Stück weit den Stamm hinauf. „Hier, das ist Chitem. Wir verehren diesen Baum nicht nur, weil er uns Kanus, Totempfähle, Kleider und Häuser gibt, sondern er übermittelt uns durch sein Alter Weisheit und Kraft." Joes Hände verweilten am Stamm, warteten, bis ihre Hände folgten.

„Sieh Chitem an", sagte er. Seine Wurzeln nehmen die Kraft aus der Erde. Hier unten ist der Baum geerdet." Joe drehte sich auf den Rücken. „Und nun schau nach oben. Siehst du das Schwingen?"

Weit oben unterm Wolkenmeer nahm Johanna die feinen Bewegungen der Astpitzen wahr, die sanft hin und her gewiegt wurden. Leise sprach Joe weiter: „Das Schwingende kann befreien, weil es fließt."

Ja, dachte Johanna. Ich muss schwingen lernen. Mit Joes Hilfe würde sie ihre Angst verlieren können.

Mehrere Tage bewegten sich Joe und Johanna mit erdenden Schrittübungen, mit Gesängen und verschiedenen Bewegungs- und Atemübungen durch den nordischen Regenwald.

Doch durch einen wilden Wald, und wenn er noch so schön ist, kann man nicht ohne weiteres rhythmisch gehen. Bei allen Übungen dachte Johanna jetzt Worte und Strophen des Gedichtes über die Jahreszeiten dazu, das sie auswendig kannte. Und auf einmal floss die Sprache in Versen aus ihr heraus, ganz leicht und ganz selbstverständlich:

„Vier Brüüüder gehn jahraus, jahrein,
im gaaanzen Land spaziiieren.
Doch jeeeder kommt für sich allein
Uns Gaaaben zuzuführen."

Ich kann sprechen, dachte sie. Ich kann es!

„Der Eeerste kommt mit leichtem Sinn
in reeeines Blau gehüllet.
Streut Knooospen, Blätter, Blüten hin,
die eeer mit Düften füllet."

Joe kam und sah zu, wie Johanna auf den dicken Wurzeln balancierte und weiter ihre Verse sprach.

„Der Zweeeite tritt schon ernster auf
Mit Soooonenschein und Regen,
streut Bluuumen aus in seinem Lauf
und reeeichen Erntesegen.

Der Driiitte naht im Überfluss
Und füüüllet Küch und Scheune,
bringt uuuns zum süßesten Genuss
viel Äääpfel, Nüss und Weine."

Johanna blieb stehen. Triumphierend sah sie zu Joe. „Iiii... Iiii... chh..." Ich kann sprechen, wollte sie sagen, aber es gelang ihr nicht. Wieso geht es nicht? Was ist geschehen? Johanna blickte verstört zu Joe.

„Du kannst nur im Rhythmus sprechen, im Rhythmus, begleitet von Schutzvogels Bewegungen", erklärte Joe. „Ich sagte es dir, alle Lehmschichten aufzubrechen braucht Zeit. Aber du wirst es schaffen und wieder ganz frei sein. Nur den Rhythmus, den wirst du noch sehr lange spüren."

Johanna nickte. Dann nahm sie ihre Schrittfolge wieder auf.

„Verdriiießlich braust der Vierte her,
in Naaacht und Grau gehüllet,
sieht Feeeld und Wald und Wiese leer,
die eeer mit Schnee erfüllet.

Wer saaagt mir, wer die Brüder sind,
die sooo einander jagen,
leicht rääät sie wohl ein jedes Kind,
drumm braaauch ich's nicht zu sagen."

Johanna blieb stehen. Sie hatte das ganze Gedicht gesprochen. Langsam im Rhythmus des Schutzvogels, der Schwingungen der Bäume, und durch die Erde gefestigt, hatte Johanna alle sechs Verse gesprochen, ohne zu stottern!

Sie war überwältigt, so voller Glück, dass sie sich setzen musste. Erneut spürte sie ein Vibrieren in Armen und Beinen, und dann lachte es wieder aus ihr heraus. Tränen liefen ihr über die Wangen. Johanna nahm Joes Hände und sie drehten sich im Kreis, bis sie atemlos auf den Boden sanken.

Plötzlich brach Regen aus den Wolken. Die beiden rannten in ihre Baumhöhle zurück, und Joe machte ein kleines Feuer zwischen ihren Lagern. Draußen prasselte es. Sie saßen da und schauten in die Flammen. Da, - der Schrei einer Eule. Schutzvogel ging wieder auf Jagd.

Johanna musste an Deutschland denken. Im letzten Kriegsjahr hatten Eulen unter dem Dach ihrer Scheune genistet. Die Nachbarn behaupteten, dass sie Todesboten seien. Johanna fürchtete, dass ihr Vater nicht mehr aus dem Krieg zurückkommen würde und hatte der Mutter am Abend von ihrer Angst erzählt. In der darauffolgenden Nacht hatten sie auf einem Ast im Walnussbaum vor ihrem Fenster eine Eule beobachtet.

„Die Eule ist ein Vogel der Weisheit", hatte die Mutter ihr

damals leise ins Ohr geflüstert. „Und weise werden, mein Kind, kann man nur mit großer Anstrengung. Schau, wie sie dort sitzt, ganz allein, mitten in der Nacht. Und alle anderen Vögel schlafen. Nein, ich glaube nicht, dass sie ein Bote des Todes ist, mein Schatz. Wenn wir ihre Sprache verstehen würden, könnten wir bestimmt viel von ihr lernen." Dann hatte sie Johanna ins Bett gebracht und ihr sanft einen Gutenachtkuss auf die Stirn gegeben. Ach, Mama …!

Der Schein des Feuers fiel auf Joes Gesicht. Johanna sah ihn aufrecht sitzen, leicht nach hinten gelehnt. Die Handrücken aneinandergelegt strich er über die Mittellinie vor der Brust die Arme zum Gesicht hoch und darüber hinaus, bis die Handflächen sich aneinander schmiegen mussten. Dann drehte er die Handflächen nach außen und ließ die Arme ausgestreckt nach unten kreisen. Er sah aus wie ein Vogel, der fliegen wollte.

Johanna nahm seinen Rhythmus auf. Die beiden kreisten mit den Armen und sahen sich dabei in die Augen. Und dann begann Johanna langsam, ganz selbstverständlich, mit der Bewegung zu sprechen.

„Mein Naaame ist nicht Gabriel."

Der Kreis war geschlossen. Erneut führte sie die Hände vor der Brust zusammen und hob sie über den Kopf. Dabei atmete sie tief ein. Ausatmend ließ sie langsam die Arme nach unten kreisen.

„Mein Naaame ist Johanna…" Fest sah sie Joe in die Augen. Ich habe ohne zu stottern gesprochen, und er hat mich verstanden! dachte sie. Sie hatte ihm noch so viel zu erzählen, aber sie wusste, sie hatten Zeit.

Und in diesem glücklichen Augenblick beschloss sie alle Worte als etwas Wertvolles in sich zu tragen. Nie wieder wollte sie Worte unnütz verwenden und verschwenden. Johanna sah zu Joe.

„S c h u t z v o o o g e l
E u l e   i s t   v o l l e r   W e i s h e i t ."

9

Tagelang wanderten sie durch den nordischen Regenwald. Joe und Johanna waren ein Teil davon geworden. Sie hatten den Geruch des Waldes, denn weder Wapiti-Hirsche, Murmeltiere noch Schwarzbären erschraken vor ihnen.

Endlich erreichten sie das Tal des Quinault-Rivers, der mit tausenden von großen und kleinen Wasserfällen in das nordöstliche Ufer des Quinault-Sees mündete.

Friedlich lag er vor ihnen. Die Nachmittagssonne spiegelte sich in den glitzernden Wellen. Am linken Ufer auf einer weiten Rasenfläche stand ein großes Holzhaus mit einem Kamin aus Feldsteinen. Davor war ein geschnitzter, buntbemalter Totempfahl. Er war genauso hoch wie der Kamin.

„Das ist die Quinault-Poststation", erklärte Joe. „Manchmal kommen Weiße hierher, um Bären zu jagen oder in die Berge zu gehen." Er setzte sich ins hohe Gras und zog Johanna neben sich. „Man darf uns nicht sehen. Wir dürfen hier nicht mehr sein. Früher gehörte dieses Land allen auf der Insel. Unsere Großeltern verbrachten den Sommer am Meer und schlugen hier die Winterquartiere auf, um Bären und Elche zu jagen." Joes Blick wurde düster. „Als meine Eltern geboren wurden, hat die Regierung Reservatsgrenzen festgelegt. Sie hat uns um Land betrogen und um den ganzen See." Er warf einen Stein ins Wasser.

Von der Poststation schallten Stimmen herüber. Sie duckten sich ins hohe Gras. Eine vornehme Gesellschaft, elegant gekleidet, spazierte den Weg vom Haus zum See und wieder zurück. Vor dem Totempfahl blieben sie stehen und schlugen mit einem riesigen Holzhammer auf eine Platte.

Ihr Lachen und das Bimmeln einer Glocke schallte über den See. Sie hatten aus dem Totempfahl einen „Haut den Lukas" gemacht!

Johanna wollte Joe fragen, was das Ganze zu bedeuten habe, aber er legte den Zeigefinger auf den Mund. Als die Leute im Haus verschwunden waren, fragte Johanna Joe mit kreisenden Armen: „Waaas sind Totempfähle?"

„Ein Zeichen. Sie bedeuten: Dies-ist-unser-Platz."

„Und waaas ist mit den Schniiitzereien?"

„Sie erzählen etwas über den Clan, die Familie, die hier gewohnt hat. Die dargestellten Wesen erinnern an Geschichten, die in dieser Familie erzählt wurden. Manchmal werden Pfähle auch zu einem besonderen Fest geschnitzt. Jeder Pfahl hat also seine ganz eigene Bedeutung."

Sie schlichen sich durch den Garten der Poststation und verbargen sich hinter einem großen Rhododendron-Busch. Von Nahem war der Totempfahl riesig. Im unteren Bereich erkannte Johanna Meer- und Erdtiere, weiter oben verschiedene Vögel. Ganz obenauf thronte majestatisch ein besonders großer Vogel mit weit ausgebreiteten Flügeln. Der gebogene Schnabel unter den ausdrucksvollen Augen erinnerte Johanna an die Eule.

„Ist das Schutzvogel?"

„Nein", Joe schüttelte den Kopf. „Das ist Donnervogel. Er hat gedrehte Federbüschel wie Hörner auf seinem Kopf und wird mit ausgebreiteten Flügeln dargestellt. Donnervogel ist der kraftvollste übernatürliche Geist. Er kann sich sogar vom Himmel auf Wale stürzen und sie mit zu sich in die Berge nehmen." Joe breitete seine Arme weit aus. „Wenn er mit seinen Flügeln schlägt, entsteht der Donner und die Blitze kommen aus seinen Augen."

Sie schlichen zum Ende des Gartens, verließen damit die Zivilisation der Weißen und kämpften sich weiter durch das Buschwerk am Ufer.

Plötzlich ... Joe blieb stehen.

Johanna spürte eine ungeheure Spannung in der Luft. Da war eine Art Ächzen zu hören. Ein stöhnender Gesang. In

Joes Gesicht stand blankes Entsetzen.

„Chitem …!"

Es vibrierte, ein Zucken und Rucken schwoll an zum Brausen und endete in einem krachenden Schlag.

„Waaas ist das?" flüsterte Johanna.

„Das Klagen der alten Chitem!" Johanna schüttelte den Kopf. „Wenn eine Säge das Grünholz trifft, in die innere, frische Schicht des Stammes einer alten Rotzeder sägt, dann antwortet Chitem mit Gesang. Er jammert und schreit und warnt die anderen Bäume. Und jetzt ist unser Wald dran!"

Fassungslos liefen sie weiter, bis die jungen Bäume den Blick frei gaben. So weit ihre Augen reichten, lagen Baumstümpfe vor ihnen, aufgerissene Erde mit zersplittertem Holz und wild durcheinander ragenden Ästen. Nirgendwo gab es Flechten, weiches Moos, Farne, tausenfaches Grün. Wie ein Schlachtfeld lag das Ende eines Waldes vor ihnen.

„Gray Harbors arbeitet gründlich." Joe zog Johanna fort. „Komm, lass uns gehen."

Sie hasteten weiter und überquerten eine ausgefahrene Schotterstraße. Neben einem Blechschild mit der Aufschrift „Highway" wies das handgeschriebene Holzbrett den Weg in die Reservation der Quinaultindianer. Durch jungen Mischwald gelangten sie zum immer breiter werdenden Quinault-River. Weißkopfadler, Bussarde, zarte Reiher, Eisvögel und viele andere Vögel lebten hier. Auf kleinen Inseln im Fluss sonnten sich ganze Schwärme brauner Pelikane. Überall sah man runde, graue Kieselsteine mit geheimnisvollen weißen Zeichen im Wasser liegen.

Manchmal waren Holzhäuser am Flussrand oder kleine Siedlungen zu sehen. Doch Joe hielt nirgendwo an. Er wusste, innerhalb der Reservation gab es Quinaults, die würden für eine Flasche Schnaps alles an die Regierung verraten. Auch Joe. So machten sie Umwege, um nicht gesehen zu werden und niemandem zu begegnen.

Johanna war gespannt auf Joes Eltern und wie die Quinaults leben. Sie machte sich Gedanken, ob Joe Probleme bekommen würde, wenn er eine Weiße mit zu sich nach Hause nimmt. Wie würden ihre Eltern ... Sie schob schnell diesen schmerzlichen Gedanken fort, in dem sie einen Moment lang die Augen schloss und sich schüttelte. Dann fiel ihr Blick auf Joe, seine geschmeidigen Bewegungen, wie er vor ihr zwischen den Bäumen hindurch lief. Seine Haare waren nicht mehr so kantig. Sie wippten und wehten leicht mit jedem Schritt.

Plötzlich blieb er stehen. Johanna rannte förmlich in seinen Rücken hinein. Er drehte sich zu ihr um. Einen Moment lang waren sich ihre Gesichter ganz nah ...

Seine Augen!

Johanna konnte ihnen nicht standhalten. Sie schaute zur Seite. Als sie vorsichtig wieder aufsah, stand Joe mit dem Rücken zu ihr und schaute hinunter ins Tal.

Unter ihnen wand sich der Fluss im großen Bogen und gab am abfallenden Ufer einer Indianersiedlung Schutz. Silbrig schimmernde Holzhäuser waren verbunden durch Dielenstege und lagen friedlich in der Abendsonne. Stabzäune rahmten kleine Gärten ein, in denen Hühner pickten und hier und da ein Pferd stand. Am Ufer waren Holzkanus hinaufgezogen. Geflochtene Fischreusen ragten schwankend aus dem Wasser.

Joe beobachtete das ruhige Treiben der wenigen Menschen am Fluss. Johanna sah das Leuchten in seinen Augen. Das muss Joes Dorf sein, dachte sie. Am liebsten hätte sie seine Schulter berührt, ihren Kopf daran gelehnt. Aber sie wagte es nicht. Ihr Blick fiel auf ein Kanu, das sich am Ufer löste. Mit ruhigen, kräftigen Stechbewegungen kam ein alter Mann den Fluss zu ihnen herauf.

Joe bewegte sich nicht. Erst als das Boot anlegte, ging er auf den Alten zu. Die beiden begrüßten sich mit Augen voller Freude und ohne Worte.

Wie hatte der alte Mann sie bemerken können? Sie waren viel zu weit entfernt vom Dorf und standen im Schatten der Büsche.

Ganz leicht verbeugte sich der alte Mann und sagte etwas.

Johanna verstand ihn nicht.

„Großvater bittet dich mitzukommen," übersetzte Joe.

Johanna war aufgeregt. Ihre Kiefer begannen zu zittern. Da ließ Joe seine Arme kreisen, machte Schutzvogels Flügelschlag, und sie tat es ihm nach. „Iiich bedanke mich sehr", sagte Johanna und freute sich. Es gelang ohne stottern. „Iiich bin Johanna." Sie hielt ihm die Hand hin.

Er nahm sie nicht, nickte aber freundlich.

Dann stiegen sie in das Kanu und fuhren flussabwärts dem Dorf entgegen. Johanna entdeckte unterwegs Totempfähle, unterschiedlich geschnitzt und mit roter und schwarzer Farbe bemalt. Meistens thronte das Gesicht eines Bären obenauf. Sie gehörten zum Bärenclan.

Johanna betrachtete das Profil von Joes Großvater. Aus seinem braunen, wettergegerbten Gesicht mit hohen Wangenknochen schauten flinke, freundliche Augen. Seine Haare waren sehr kurz geschnitten.

Ob er jemanden beerdigt hat, fragte sich Johanna. Sie nahm sich vor, Joe später danach zu fragen.

Sie hatten das Ufer des Dorfes erreicht und wurden von gemächlich watschelnden Graugänsen begrüßt. Mit weitem Flügelschlag und unter Protestgeschnatter machten sie Joe und Johanna Platz, als sie den Weg hinauf zum Dorf einschlugen. Aus Häusern und Gärten kamen lachend kleine Kinder gelaufen. Die Quinaults ließen ihre Arbeit liegen, um zu sehen, wer gekommen war. Aber Joe war mit seinem Großvater schon vor dem größten Haus des Dorfes angelangt.

Das mächtige, lange Haus aus Zedernholz hatte ein Giebeldach, von dem ein Teil wie ein großes Dachfenster aufgeklappt war. Die Wände, aus senkrecht angeordneten Brettern gebaut, wurden von Knochennägeln zusammengehalten. Es gab keine Fenster.

Johanna stieg die Stufen zur Holzveranda hoch. Neben dem Eingang waren terrassenförmig Gestelle angebracht, auf denen Fischfilets wie Socken in der Sonne trockneten.

Im Inneren des Hauses stützten hohe Stämme Dach und

Gebälk. In der Mitte des Raumes befanden sich vier offene Feuerstellen und vier Erdöfen. Von dort führte eine Holzstufe auf die eigentliche Wohnebene, die wie eine Terrasse rund um die Feuerstellen verlief und deren Boden bedeckt war mit gewebten Matten aus Zedernrinde. An den Außenwänden hingen Felle. Davor standen Truhen, Kästen und Bettstellen.

Chitem, der große Spender, war allgegenwärtig.

Johanna stieg die Stufen zur Wohnterrasse herauf. In allen Winkeln, Ecken und auf den Kästen sah sie kunstvoll geflochtene Körbe. Ein Gewehr lehnte an der Wand, daneben standen auf einer Truhe eine Petroleumlampe und in der Ecke ein Paar schwarze Lederstiefel. Offenbar wohnten hier mehrere Familien, denn der Raum konnte mit Wolldecken, die von quer gespannten Schnüren herunter hingen so geteilt werden, dass er sich in vier kleinere Wohneinheiten abtrennen ließ.

Unter den Dachbalken waren Holzstangen angebracht mit Brettern, auf denen Körbe, Lederstücke und aufgespießte Lachsfilets zum Räuchern hingen.

In der Tür des Longhouses erschien eine hochgewachsene Frau in einem Baumwollkleid mit langem, weit schwingendem Rock. Die Haare lagen in einem dicken Zopf auf ihrem Schultertuch.

Joe ging auf sie zu. Sie hielten sich bei den Armen und sahen sich still an. Joe zeigte auf Johanna. Seine Mutter warf ihr einen prüfenden Blick zu, ehe sie ihren Kopf neigte und einige Worte in Quinaultsprache sagte.

Bestimmt ist es eine Begrüßung, dachte Johanna, verbeugte sich und lächelte. Sie nahm ihre Arme zu Hilfe. „Iiiich freue mich."

Joes Mutter lächelte.

Joe bat Johanna auf einem Fell am Boden Platz zu nehmen. „Bleib einfach hier sitzen. Du bist unser Gast, hat Mutter gesagt. Sie ist froh dich zu sehen und stolz, weil ich durch dich zu Tamanois gefunden habe und unserem Schutzvogelgeist." Er ging hinaus, holte Holz und half die

Erdöfen einzuheizen. Die Mutter zauberte Kisten und Körbe hervor, die mit allerlei Essbarem gefüllt waren.

Johanna hätte gern geholfen, aber sie wusste nicht wie und wollte nichts verkehrt machen, ihn nicht blamieren. So blieb sie sitzen und schaute zu, was geschah.

Ein hochgewachsener Quinault kam herein. Joes Vater. Sie begrüßten sich nur mit den Augen. Aber in diesem Blick lag mehr als in jeder Umarmung. Sie setzten sich zur Feuerstelle und Joe erzählte.

Vor der Tür waren Schritte zu hören. Stimmen kamen näher. Nach und nach füllte sich der Raum mit Quinaults und ihrem Lachen. Jugendliche und Schulkinder fehlten.

Joe setzte sich neben Johanna.

„Meine Eltern geben ein Ankunftsfest. Der ganze Clan ist gekommen. Es ist bei uns üblich, dass wir von unseren Erlebnissen erzählen."

Johanna nickte. „Waaas soll ich tun?" fragte sie.

„Wir werden gemeinsam essen und uns unterhalten, natürlich in unserer Sprache. Ich werde dir nicht immer alles übersetzten können. Sei einfach unser Gast. Du kannst nichts verkehrt machen." Dann wandte er sich wieder seiner Mutter zu und half ihr die Erdöfen zu öffnen. Sofort füllte sich der Raum mit dem Duft von gedünstetem Heilbutt. Johanna bekam einen Holzteller gereicht, mit Fisch, Pellkartoffeln, Kräutersoße und Lachskaviar.

Ein richtiges Festessen!

Dann machten Körbe, gefüllt mit Trockenfleisch die Runde. Johanna tunkte die harten Stücke wie die Ouinaults in eine Schale mit Fischöl. Danach gab es gesäuberte Wurzeln und Walderdbeeren.

Joes Eltern hatten sich inzwischen neben Johanna gesetzt.

Als sich der Vater erhob, wurde es still im Raum. Er hielt eine Rede und machte Johanna ein Zeichen. Sie schaute Joe fragend an.

„Er will dich vorstellen."

Johanna stand auf und ging zu Joes Vater. Er schaute sie freundlich an und dann sagte er in gebrochenem Englisch:

„Es ist schön, dass du unser Gast bist."

Johanna nickte. Sie wusste nicht, ob sie etwas sagen sollte oder nicht. Aber als sie seinen Arm auf ihrer Schulter fühlte, während er weiter zu den anderen sprach, wusste sie, dass alles gut war.

Sie nahmen wieder Platz. Tee wurde gereicht. Das Feuer wärmte Johanna und hüllte den ganzen Raum in Glühfarbe. Ihre Augen folgten dem Rauch aus der Glut, vorbei an den Fischfilets unter dem geöffneten Dach bis in den Himmel hinein. Wie schön es ist, eine Familie zu haben, dachte Johanna wehmütig.

Da stand Joe auf. Es wurde mäuschenstill. Nur noch das Knacken des Feuers war zu hören. Joe begann zu erzählen. Und wie er erzählte! In seinen Bewegungen, seiner Art zu sprechen spiegelte sich alles von ihrem gemeinsamen Weg wieder. Als er vom Wynoochee-River berichtete, forderte er Johanna auf, das Lied vom Mond zu singen. Und Johanna sang das Lied. Sie wollte den Quinaults etwas Schönes aus Deutschland schenken. Als es zu Ende war, sah sie an den Gesichtern, dass es ihr gelungen war. Zum Schluss stupste Joe sie an. „Los, sag etwas zu ihnen. Du kannst es, und sie warten darauf."

Johanna formte die Arme zum Kreis. „Iiiich danke Joe. Und iiich danke euch allen, daaass ich hier sein darf." Da standen alle auf, klatschten in die Hände und dann begann ein Erzählen, ein Hin- und Herwuseln, ein Lachen, ein Rein- und Rauslaufen, dass es Johanna unheimlich wurde. Als ein kleiner Mann mit merkwürdigem Hut und einem Umhang eine Maske vors Gesicht band und mit schnarrender Stimme eine Melodie anhob, formierten sich die Quinaults mit Rasseln, Klatschen und Singen zu wilden Tänzen, die weit bis in die tiefe Nacht hinein andauerten. Irgendwann wurde alles leiser und leiser. Einer nach dem anderen verabschiedete sich und verschwand nach draußen.

Hundemüde kuschelte sich Johanna auf dem Bettgestell neben Joes Mutter in ein Seeotternfell und schlief sofort ein.

Am anderen Morgen duftete es nach frischem Heilbutt. Joe war nirgends zu entdecken. Johanna stand von ihrem Lager auf, und ließ sich von Joes Mutter den Frauenbadeplatz am Fluss zeigen. Als sie zum Longhouse zurückkam, saßen die Frauen mit ihren kleinen Kindern beim Essen, spielten und unterhielten sich. Johanna setzte sich zu ihnen, aß kalte Kartoffeln und Fisch. Die Männer waren schon früh am Morgen aufs Meer gefahren, um Seehunde und Seeotter zu jagen. Das Wetter versprach einen guten Fang.

Da schaute Joe vom Eingang herein, winkte Johanna zu sich. „Wir können nicht hier bleiben."

„Waaarum nicht?"

Joe schlenderte mit Johanna den Weg zum Fluss hinunter. „Weißt du, vor einigen Jahren ist das Reservat von der Regierung in Parzellen eingeteilt worden. Jede Person hat ein Stück Land bekommen. Und jetzt hat der Staat neue Gesetze erlassen. Wer Land besitzt, muss Steuern dafür zahlen. Kannst du mir sagen, wovon?"

Johanna zuckte die Schultern.

Joe fuhr fort: „Einige Quinaults haben ihr Land an Grays Harbour verkauft und lassen sich mit Alkohol vollaufen. Eisenbahnen und Sägemühlen haben sich schon weit in unseren Wald hineingefressen", sagte er leise. „In ein paar Tagen werden Quinaults für Grays Harbour ihren eigenen Wald abholzen, um Steuern bezahlen zu können." Er wandte sich zu Johanna. „Wir beide werden den Sommer im Norden am Meer verbringen. Dort wird kein Wald geschlagen und mit den Stämmen der Quileute oder der Hoh's sind wir befreundet."

Johanna breitete ihre Arme aus. „Eees ist gut so." Ja, dachte sie. Es ist gut, wieder mit Joe allein zu sein. Die Quinaults waren freundlich zu ihr, aber sie fühlte sich dennoch fremd unter ihnen. Sie musste an ihre eigene Familie denken.

Joe schien ihre Gedanken zu erraten und nahm sie bei den Schultern. „Deine Sprache fließt noch nicht genug. Komm mit ans Meer. Wenn du wieder frei sprechen kannst, bringe ich dich nach Yakima."

Sie sahen sich an. Eine ganze Weile.

Johanna hatte das Gefühl, alles schien zu verschwinden. Da war nur er, Joe. Und sie.

Joe wandte sich von ihr weg, als seine Mutter und der Großvater mit Fellen, Kästen und Körbe beladen den Weg herunterkamen. Er ging ihnen voran zu einem der Kanus am Ufer und schob es zur Hälfte in den Fluss. Der alte Mann half ihm das Boot zu halten, während die Mutter sorgfältig alle Gegenstände hineinlud.

„Komm, Johanna."

Sie verabschiedeten sich, stiegen in das schwankende Kanu und Joes Großvater schob sie in den Fluss. Die Strömung trieb sie schnell vom Dorf fort, vorbei an Fischernetzen und Dörfern anderer Clans, bis sich der Fluss weit öffnete und sie dem Pazifischen Ozean übergab.

Möwen und kleine weiße Reiher begleiteten sie. Der Wind auf dem Meer blies kräftig. Johanna saß im Boot hinter Joe und achtete darauf, ihr Paddel im richtigen Wechsel mit seinem ins Wasser zu stechen. Aber das Kanu schaukelte in den Wellen so sehr auf und ab, dass Johannas Kraft in den Armen nachließ und sich die Schultern verkrampften. Als Joe das merkte, steuerte er an Land.

„Es geht wild zu da draußen", sagte er. „Wir tauschen die Plätze. Leg Dich auf die Felle."

Johanna war froh, sich hinlegen zu können.

Joe paddelte allein weiter, die Küste entlang immer nach Norden.

10

Als Joes Stimme Johanna weckte, sah sie zunächst dicke, weiße Wolken am Himmel. Joe zeigte ans Ufer. „Da. Da ist ein guter Platz für uns."

Johanna setzte sich auf und nahm ihr Paddel. Sie fuhren auf den breiten, gelben Sandstrand zu, eine riesige Bucht, in deren Mitte ein kleiner Fluss ins Meer floss. Zerzauste Pinien klammerten sich mit weit ausholenden Wurzeln an die steile Böschung. Sie zogen das Kanu weit genug ans Land, damit die Flut es nachts nicht wieder mit aufs Meer nehmen konnte.

Hunderte von schimmernden, silberweißen Baumskeletten lagen wild durcheinander, bildeten unförmige Holzwälle. Dazwischen waren Räume entstanden, in denen es warm war, weil der raue Wind vom Meer darüber hinweg blies.

Joe kletterte auf den Stämmen herum, während Johanna ihre Habseligkeiten aus dem Kanu holte.

„Ein gutes Sommerlager!" Joe strahlte und nahm ihr die sperrigen Rindenmatten ab, um den Wohnplatz damit auszulegen.

„Hooolz sammeln ist hier keiiin Problem!" Johanna lachte.

„Ich gehe fischen", rief Joe und rannte zur Flussmündung.

Johanna hob einen Erdofen aus, bereitete alles zum Kochen vor und versorgte Körbe und Felle.

Einen ganzen Sommer mit Joe am Meer! Johanna freute sich, nahm den Wasserkorb und lief zum Fluss. Dort ließ sie Süßwasser ins Gefäß und trug es zum Lager zurück. Kein Tropfen war durch die feinen Knötchen verloren gegangen! Johanna rieb Steine aneinander und zündete trockenen Strandhafer und Zedernnadeln an. Bald prasselte ein Feuer, in dem sie ihre Kochsteine erhitzen konnte.

Joe kam mit Fischen, Kräutern und Farnen zurück und

schichtete alles in den Ofen. Dann rannten sie zum Meer.

Am nordwestlichen Horizont tauchte die Sonne als riesiger glühender Ball das Meer und alles in schimmerndes Gold.

Joe und Johanna saßen schweigend im Sand und ließen sich den Wind ins Gesicht wehen.

Als sich vom Ozean her eine Wolkenwand aufbaute, wurde es kalt. Sie gingen zu ihrem Lager zurück. Zwischen den Baumstämmen war es unglaublich warm. Steine und Sand hatten die Tagessonne gespeichert und gaben sie jetzt ab.

Johanna nahm Steine aus dem Feuer und legte sie mit getrockneten Kräutern ins Wasserkörbchen. Nach einer Weile konnten sie heißen Tee trinken und aßen Joes Fisch dazu. Der Nebel vom Meer stieg bis zu ihnen und hüllte das ganze Ufer ein.

Sie setzten sich auf ihre Felle und deckten die Rindenmatten über die Wände der Stämme. Nur einen Spalt ließen sie frei, damit die Wärme im Raum blieb und der Rauch des kleinen Feuers abziehen konnte. Es knisterte leise. Sie legten sich nieder, jeder auf seine Seite.

„Hörst du Tjadaks Lied?", flüsterte Joe und schaute über die Flammen zu ihr.

Tjadak! Johanna hatte ihn ganz vergessen, den Quinault-Geist, der in den Wellen wohnt, die da draußen schwappten, wieder und wieder und wieder …

Beharrlich, unentwegt war das Geräusch. Und da entdeckte Johanna in Tjadaks Lied den Rhythmus des Waldes wieder. Sie sah zu Joe. Sein Gesicht war vom Feuer erleuchtet.

„Joe?

„Hm."

„Die Geister, kaaannst Du sie immer erkennen. Immer und überall?"

„Man muss geduldig sein und aufmerksam."

„Uuund wie ist es in der Stadt?" Johanna setzte sich auf.

„Also, ich meine zuuum Beispiel in Tacoma, wo die Geräusche im Hafen sooo laut waren, konntest du Tjaaadak dort hören?"

„Nein, ich war auch nicht aufmerksam."

„Siiind die Geister immer da?"

„Ja." Jetzt setzte sich Joe auch auf. „Nur unsere Verbindung zu ihnen ist nicht immer gleich gut. Im Wald und am Wasser sind wir ihnen am nächsten, aber auch in Liedern und Geschichten, die wir über sie erzählen." Joes Zeigefinger malten Schlangenlinien in den Sand.

Johanna wurde unruhig. „Joe, was ist, wenn Grays Harbour die Olympische-Halbinsel abgeholzt, das Land verwüstet und die Quinaults vertrieben hat? Wenn ihr irgendwo verstreut in fremden Städten leben müsstet, wo das Wispern eurer Geister nicht mehr zu euch findet?"

Joe starrte sie an. „Dann hätten wir nur noch Lieder und Geschichten," sagte er leise.

„Uuund wenn kein anderer Quinault da ist, sie zu erzählen?"

Joe wandte seinen Blick von Johanna zum Feuer.

„Joe", fragte sie leise. „Kaaanst du schreiben?"

Er schüttelte den Kopf. „Nur wenig."

„Iiiich werde sprechen üben, indem ich dir Schreiben, Lesen und Reeechnen beibringe," sagte Johanna ruhig.

„Das muss nicht sein", knurrte er.

„Doooch, es muss sein."

„Wenn ich schreiben und lesen kann, werde ich das Erzählen verlernen." Joe schob Äste im Feuer nach.

„Schreiiiben ist auch erzählen. Aber geschriebene Geschichten kann jeder leeesen. Überall." Joe schwieg und Johanna flüsterte: „Weeenn er lesen kann." Sie wartete auf einen Blick von ihm. Aber er hielt den Kopf gesenkt. Eine ganze Weile. Dann schaute er auf.

„Gut. Ich werde Schreiben und Lesen lernen." Er lächelte. „Aber Rechnen muss ich wirklich nicht können."

„Uuund was ist mit eurem Schiiiffsbau? Das muuuss doch beeerechnet werden."

„Für den Schiffsbau brauchen wir Erfahrung. Und die lehrt uns der beste Bootsbauer des Clans."

„Mit Geld muss man rechnen."

„Nicht bei uns. Wenn jemand reich geworden ist, veranstaltet er ein Potlatch und dann ist alles wieder ausgeglichen."

„Potlatch?"

„Das Fest der Verteilung." Stolz lächelte er sie an. „Der ganze Clan wird dazu eingeladen. Es wird getanzt, gesungen und am Ende verteilt der Gastgeber was er hergeben mag an die Festgesellschaft."

„Ganz umsonst?"

„Ja. Manchmal ist es alles, was er besitzt."

Johanna wunderte sich. „Und wiiie kann einer, der alles heeerschenkt weiterleben?"

„Nun, Mutter Erde gibt ihm Nahrung, ebenso der Ozean, und beim nächsten Potlatch, den ein anderer gibt, wird er dann ja auch wieder beschenkt."

Johanna lehnte sich zurück. „Aber die Regierung scheeenkt dir nichts. Sie wollen Steuern. Wenn du rechnen kannst Joc, köönnten dich Steuereintreiber oder Grays Harbour nicht so leicht über den Tisch ziehen." Dann blickte Johanna den Funken nach, die mit dem Rauch nach draußen schwebten. Als ihre Augenlider schwer wurden, sagte Joe: „Gut Johanna, ich werde es lernen." Dann fing er leise an zu singen.

„Hee a nanna, hee a nanna, hee a nanna hee..."

Johanna summte mit, bis der Schlaf über sie kam.

In den folgenden Wochen am Meer lernte Johanna, wie die Quinaults nach Austern graben, wie man Krabben und essbare Muscheln findet und massenhaft Heringe mit einem selbstgebauten Rechen fangen konnte. Sie lernte die verschiedensten Fischfangtechniken mit Hilfe von Schwimmern, von Netzen, Reusen und indem sie Steinwälle bauten, hinter denen die Fische beim Zurücktreten von Wellen oder der Ebbe gefangen blieben.

Manchmal fuhren sie mit dem Kanu die Küste entlang nordwärts und suchten sich ein neues Lager. Sie entdeckten Inseln, auf denen ganze Herden von Seehunden wohnten und beobachteten Seekühe, Seeotter, Delphine und Orca-Wale.

Aber jeden Vormittag lernte Joe von Johanna im Sand Schreiben, Lesen und auch Rechnen. Joe lernte schnell. Längst brauchte Johanna nicht mehr mit den Arme kreisen. Zunehmend wurde ihr Sprechen flüssiger.

Abends lauschten sie Tjadaks Lied. Manchmal versuchten sie ihn zu übertönen. Sie hatten Trommeln und Rasseln gebastelt und begleiteten sich mit Gesängen.

„Tjadak hört uns, Johanna", sagte Joe einmal. „Er hält es nicht aus, still herumzusitzen. Unsichtbar tanzt er zu unserer Musik. Wenn du die Augen schließt, dann spürst du den Windwirbel seiner Bewegungen."

Johanna schloss die Augen. Sie spürte Tjadak. „Joe, wollen wir ihn allein tanzen lassen?" Und dann tanzten sie beide rasselnd, singend und trommelnd im Schein des knisternden Feuers die wildesten Tänze, bis sie völlig außer Atem waren und sich vom Geist der Wellen verabschieden mussten. Dann gingen sie zum Lager, erzählten sich bis in die tiefe Nacht Geschichten. Unerschöpflich war der Schatz von Joes Erzählungen über Geister, Tiere und Menschen, die sich stets ineinander und untereinander verwandeln konnten. Johanna erzählte von Deutschland, wie sie gelebt hatten, und manchmal erzählte sie ein Märchen

Die Zeit verging schnell. Weder die Queets, noch die Hoh's störten sie. Keine Menschenseele begegnete ihnen. Als sie an der Mündung des Quileute-Rivers, in der Nähe des „Loch in der Wand Felsens" lebten, reichte der Wald fast bis ans Meer heran. Eines Morgens bei Ebbe konnten sie weit hinaus aufs Meer gehen. Joe fasste Johanna um die Taille. „Johanna, soll ich dir die Sterne der Erde zeigen?" Er lachte ihr ins Gesicht.

Johanna merkte, wie ihr das Blut in die Wangen schoss. Sie senkte die Lider. Joe ging vor ihr in die Hocke. „Willst du oder nicht?" Sein Gesicht strahlte.

Dieses Lachen! Johanna versuchte ihrer Stimme einen festen Klang zu geben. „Na klar will ich!" Sie rannte voraus.

Er lief ihr nach, und dann wanderten sie Hand in Hand den Strand entlang, bis zu dem Loch in der Felswand, durch das man nur bei Ebbe gehen kann. Dahinter zeigte sich ihnen eine wunderbare Tümpelwelt. Der Meeresboden war felsig. Ebbe und Flut hatten viele große und kleine Poole entstehen lassen, deren Ränder mit roten und grünen Seeanemonen gesäumt waren. Zwischen Steinklumpen, von Miesmuscheln bedeckt lagen Meerzwiebeln, Treibholz und Muscheln. Krebse und andere Schalentiere krabbelten herum. Reiher, Enten und Möwen ließen sich bei ihrem Frühstück nicht von den Beiden stören.

Joe ließ Johannas Hand los und ging voraus. Sie mussten aufpassen, nicht in die kleinen Becken zu rutschen. Manche Muscheln waren so scharfkantig, dass sie sich daran die Füße verletzen konnten.

„Hier", sagte Joe mit seltsam heiserer Stimme und wandte sich zu ihr.

Johanna blieb stehen. Sie konnte seinen Blick nicht halten. Wie er mich ansieht! Ein warmes Gefühl von ihrem Herzen ließ sie nicht mehr los. Sie wurde nervös. Das Gefühl ging nicht weg. Es war einfach da, von nun an immer.

„Da sind sie, lebendige Sterne", sagte Joe und trat einen Schritt beiseite.

Zunächst spiegelte sich der Himmel mit seinen dicken, weißen Wolken in den unterschiedlichen kleinen Tümpeln. Aber dann sah Johanna die farbenprächtigen Seesterne darin. Leuchtend gelbe, rosa, purpurrote, bunt gesprenkelte und dunkellila Seesterne, große und kleine, dicke und dünne - ein Sternenhimmel am Boden!

Johanna beugte sich herunter, um die bunten Tiere besser sehen zu können.

„Ist das schön, Joe!"

Plötzlich rutschte sie aus, aber blitzschnell hielt Joe sie fest und zog sie zu sich hoch. Sie spürte seinen Atem, seine Muskeln, seine Haut. Ihre Hand glitt über seine Schultern, den Arm hinab. Sie lehnte ihren Kopf an seine Schulter.

„Danke", flüsterte sie. "Lieber, du lieber ..."

Er ließ sie nicht mehr los. So standen sie da, eine selige Weile. Das Wasser begann zu steigen.

„Wir müssen hier weg!" Joe öffnete seine Arme. Schweigend machten sie sich auf den Rückweg. Sie mussten sich beeilen, denn das Wasser stieg. Es würde gefährlich werden, wenn sie nicht rechtzeitig das Ufer erreichten. Sie rannten. Das Wasser stieg. Und es stieg schnell. Sie hatten Mühe, sich wieder an Land zu kämpfen. Erschöpft kamen sie zu ihrem Lager.

Es ist merkwürdig, dachte Johanna und blickte immer wieder verstohlen zu Joe. Ich mag ihn so sehr, aber ich kann es ihm nicht sagen. Warum nur? ‚Frag dein Herz', hätte Sam gesagt. Ach, Sam! Ich habe Angst, weil er mich auslachen könnte. Darum kann ich es nicht, stellte sie fest und setzte sich zur Feuerstelle.

Joe kam mit dem Arm voll Holz zu ihr. Er setzte sich im Schneidersitz Johanna gegenüber. Bald knisterte das Feuer zwischen ihnen. Aber heute erzählte Joe keine Geschichte, er lachte nicht, machte keine Musik, sagte gar nichts. Lange Zeit. Dieses Schweigen war bedrückend und doch ... Joe sah in die Flammen, aufrecht und gelassen.

Johanna sah zu ihm herüber. Ich mag seine Haare, dachte sie. Ich mag sein Gesicht. Mein Gott, ich mag alles!

Ohne seinen Blick vom Feuer zu lassen, brach Joe die Stille. „Ich möchte immer mit dir verbunden sein, immer!"

Johanna fühlte, wie ihr auf einmal leicht wurde, aber sie war nicht fähig zu antworten. Schau mich doch an, dachte sie. Du kennst mich. Du wirst es mir ansehen, ohne meine Worte, ansehen, was mit mir los ist.

Aber Joe ließ seinen Blick nicht vom Feuer.

Joe, lieber, Joe ...! Dachte sie, und dann schloss sie ihre Augen und wünschte ihn sich herbei, so sehr ... Langsam ließ sie sich nach hinten in den Sand gleiten. Joe ...! Sie erwartete seine Berührung, lauschte mit der Haut ihres Körpers, ihn ..., nur ihn ...

Johanna hatte das Gefühl, sich vollständig zu verwandeln,

sich aufzulösen in ein einziges sehnsuchtsvolles Lauschen. Und dann nahm sie einen Hauch wahr, seinen Atem! Sie breitete ihre Arme aus. Er war nah, ganz nah. Endlich!

Die nächsten Tage waren für Johanna und Joe die schönsten des ganzen Sommers. Alles, was die beiden unternahmen war von Heiterkeit und Zärtlichkeit begleitet. Sie beschlossen, sich nie wieder zu trennen und erlebten ihr Glück Tag für Tag.
An einem schwülen Spätsommerabend waren Gewitterwolken am Himmel aufgezogen. Gewaltig. Eine unheilvolle Atmosphäre lag in der Luft. Joe und Johanna saßen umschlungen am Strand, sahen dem Spiel der Wolken und der fernen Blitze zu, als Johanna auf einmal an die Unwetter vom Bodensee denken musste. Schlagartig kamen damit Gedanken an ihre Familie.
In meinem Glück habe ich alles um mich herum vergessen, stellte sie erschrocken fest. Meine Eltern, Max und Yakima.
Sie löste ihre Arme von Joe. Die Familie war so unwirklich, so weit weg gewesen, und jetzt drängte sie sich auf einmal in ihr Leben mit Joe hinein. Sehnsucht überkam Johanna, übergroße Sehnsucht nach Mama, Papa und dem kleinen Max mit seinen knackigen Ärmchen und Beinchen und dem blonden Lockenkopf. „Joe, ich muss wissen, ob meine Eltern leben."
Joe schwieg.
„Ich will nicht fort, Joe. Nicht von dir, aber ..." Sie schmiegte sich an ihn.
Sturm kam auf. Es begann zu regnen. Die beiden rannten zu ihrem Lager. Die Glut in der Feuerstelle war schnell entfacht.
Johanna war voller Unruhe. Die Vorstellung an ein Haus mit den Eltern, an einen Kachelofen, an Kässpätzle, Weintrauben, Birnen und Walnüsse, das alles trieb sie auf einmal weg von hier.
„Joe, lass uns nach Yakima aufbrechen. Morgen früh."

„Was willst du tun, wenn sie nicht dort sind?"

„Ich weiß es nicht", erwiderte sie leise. „Aber ich glaube, ich werde sie suchen."

„In ganz Amerika?"

„Es gibt eine Polizei, eine Regierung und ich kann wieder sprechen."

„Und dich hält nichts mehr hier?"

„Ich muss wissen, ob sie leben." Johanna warf ihm einen flehenden Blick zu.

„Also, gut", sagte Joe. „Wenn es das Wetter zulässt, brechen wir morgen das Lager ab."

Johanna war dankbar. Erst weit nach Mitternacht, als das Unwetter sich völlig verzogen hatte, fanden sie in Tjadeks Lied den Schlaf.

11

Am nächsten Morgen bauten sie schweigend ihr Lager ab und fuhren mit dem Kanu zu den Quinaults zurück. Joes Clan wohnte jetzt im Sommerlager direkt am Meer, nördlich der Mündung des Quinault Flusses. Ähnlich wie bei der ersten Begegnung machten die Quinaults ein Fest. Joe erzählte von ihren Erlebnissen am Strand, von den Tänzen mit Tjadak und dass er von Johanna rechnen, lesen und schreiben gelernt hatte.

Sie erfuhren, dass der Stammesrat beschlossen hat, eine Schule im Reservat zu bauen. Wenn es die Regierung genehmigt, könnten die Kinder der Quinaults schon im nächsten Sommer in ihre eigene Grundschule gehen.

„Wenn du so gut rechnen und schreiben kannst, könntest

du Lehrerin werden", sagte Joes Vater zu Johanna.

„Aber nur, wenn ich meine Eltern nicht finde." Sie war voll Unruhe.

Joes Augen leuchteten. „Wir könnten zusammen hier leben und ..."

„Es ist nicht üblich." Joes Mutter und warf ihm einen strengen Blick zu. „Männer gehören zur Familie ihrer Frauen."

„Wirklich?" Johanna war überrascht. „Das ist bei uns anders. Der Mann gründet die Familie, die Frau zieht zu ihm und nimmt seinen Namen an."

Joes Mutter schüttelte den Kopf. „Das ist nicht klug. Die Frau ist Hüterin des Hauses und der Kinder. Wenn sie ihren eigenen Namen verliert und bei seinen Eltern lebt, ist sie Sklavin. Sie kann ihren Mann nicht vor die Tür setzen."

„Aber kannst du das denn?", fragte Johanna ungläubig.

Joes Vater lachte. „Und ob sie das kann. Ich wohne bei ihr und arbeite mit ihrem Vater, Großvater und Joes Onkeln zusammen. Wenn ich faul wäre, Alkohohl tränke oder anderen Frauen hinterher laufe, dann stellt sie mir einfach die Schuhe vor die Tür. Das ist das Zeichen: Ich muss mir ein anderes Haus suchen."

Johanna lehnte sich an Joe. „Deine Schuhe bleiben bei mir." Joe nickte und legte ihr den Arm um. „Dafür werden wir sorgen."

Von Verwandten bekamen sie neue Hemden und Hosen. Joes Mutter schenkte Johanna einen geknüpften Korb, verziert mit Orca-Walen. Darin war Trockenfisch, getrocknetes Fleisch, Beeren, Kräuter und Tee. Sie nahmen Abschied von den Quinaults. Joes Großvater spannte sein Pferd vor einen Wagen. Dann brachen sie auf.

Der holprige Weg führte zunächst in den Wald. Je näher sie der Reservatsgrenze und der Stadt Humtulips kamen, um so mehr neu gelegte Gleise der Eisenbahn von Gray Harbour waren zu sehen. Vom Sägemühlenort Humtulips wollten sie den Nord-Süd-Highway nehmen, um Tacoma zu erreichen, wo die Sammelstation war für Indianer der Olympischen Halbinsel, die zur Hopfenernte in Yakima eingesetzt werden sollte.

Der Großvater brachte sie bis zum Highway an der Reservatsgrenze. Von dort wanderten Johanna und Joe die breite Schotterstraße in Richtung Süden. Sie hielten sich bei der Hand. Ab und zu überholte sie ein Fuhrwerk oder ein Auto. Dann winkten sie wild, aber niemand hielt an oder nahm die beiden mit.

Eine ganze Zeit waren sie schon unterwegs, da sahen sie von weitem ein Auto mit geöffneten Motorklappen am Straßenrand. Ein Mann saß auf dem Trittbrett des Wagens und hielt den Kopf in die Hände gestützt.

„Hey, was ist mit ihrem Auto?", fragte Johanna, als sie nah genug herangekommen waren.

Der Mann nahm seinen Hut in die Hand und kratzte sich am Kopf. „Kein Benzin mehr." Er stand auf und schlug mit der Faust auf das Blechdach.

„Wir könnten ihnen beim Schieben helfen", sagte Joe.

„Das wäre prima!" Der Mann reichte ihnen die Hand. „Peter Scott. Und wie heißt ihr?"

„Das ist Joe und ich bin Johanna."

Sie warfen ihre Habseligkeiten auf den Rücksitz und begannen gemeinsam das Fahrzeug über die holprige Straße nach Humtulips zu schieben. Unterwegs erfuhren sie von Peter, dass er Doktorand an der Universität von Seattle war. Er hatte ein halbes Jahr in einer Hütte in den Bergen gelebt und geologische Untersuchungen gemacht.

„Ihr seid ein seltsames Paar", sagte Peter. „Ein rothaariges Mädchen und ein Indianer allein unterwegs im nordischen Regenwald. Was hat euch zusammengeführt?"

„Wenn ich ihnen das erzähle, nehmen sie uns dann ein Stück mit? Wir wollen nach Tacoma."

Peter Scott schien zu überlegen. „Ein Stück ...? Hmm, o-kay." Johanna war froh, wieder mit Menschen reden zu können und begann ihre Geschichte zu erzählen. In Humtulips füllte Peter den Tank und lud sie in den Drugstore ein. „Von der Schieberei habt ihr sicher genauso großen Durst wie ich."

„Mr. Scott, danke, dass sie uns einladen wollen", sagte Joe. „Aber wir bleiben besser draußen."

„Warum sollten wir draußen bleiben? Ich habe ewig keinen Laden mehr gesehen, Kinder."

Johanna nahm Joes Hand. „Weil Joe Schwierigkeiten bekommt, und wir auch. Die Menschen mögen Indianer nicht."

„Das werden wir sehen", lachte Peter und stieß die Tür des Ladens auf. „Ihr seid meine Gäste. Übrigens, ich heiße Peter." Dann schob er die beiden vor sich her in den Laden hinein. Sie staunten, was hier alles angeboten wurde. Stoffballen in allen Farben lagen neben Angelruten und Gewehren. Munition, Messer, Schnürsenkel und Knöpfe waren in Pappkartons aufbewahrt. Felle hingen an der Wand, Gläser und Hausrat standen herum, dazwischen größere und kleinere Wollknäuel. Am Ende des Raumes stand der Kaufmann hinter der Kasse. Skeptisch verfolgte er sie mit den Augen.

„Hey, Mister", sagte Peter und ging zur Theke. „Ich möchte für meine zwei Freunde und mich einen Himbeersaft."

„Himbeersaft", sagte Johanna leise. „Hhmmm ...!"

Hinter einem Vorhang kam eine Frau, brachte zwei duftende Kuchen herein und stellte sie vor Peter hin.

„Ja, wunderbar!", rief er. „Und für jeden noch ein Stück von diesem göttlichen Gebäck." Er zeigte auf den Sandkuchen mit bunten kandierten Früchten.

„Oh ...!" Johanna freute sich. „So etwas Leckeres!"

„Das habe ich mir gedacht." Peter lachte.

„Nun ja", brummte der Kaufmann, „ich will ja was verkaufen, aber ..." Er schnitt den Kuchen in Scheiben und reichte Ihnen drei Gläser über die Theke. „Sie sind wohl fremd hier, junger Mann? Es ist strafbar, Indianerkinder rumlaufen zu lassen. Sie gehören ins Reservat oder ins Internat."

„Ich weiß." Peter hielt seine Hand vor den Mund und sagte leise: „Sie brauchen die Polizei nicht zu rufen. Ich bin schon auf dem Weg nach Tacoma, um die zwei Ausreißer dort abzuliefern." Die beiden Männer zwinkerten sich zu, und der Kaufmann tippte mit seinem Zeigefinger anerkennend an die Stirn.

Johanna sah, wie Joe seine Augen zusammenkniff. Sie wusste, was er dachte und schüttelte stumm den Kopf. Nein, Peter würde sie nicht verraten. Er sah nicht so aus, das hatte sie im Gefühl.

Joe zog sie zur Seite. „Lass uns nicht mit ihm weiterfahren", flüsterte er.

„Er fährt nach Tacoma", flüsterte sie zurück. „Sich jetzt zu trennen, wäre nicht klug." Johanna stupfte alle Krümel ihres Kuchens auf.

Ich will nach Yakima, dachte sie. Und kein Mensch kann mich davon jetzt noch abhalten. Sie merkte, wie in ihr die Spannung wuchs. Immer mehr. Würde sie ihre Eltern wiedersehen? Sie wollte keine Zeit verlieren.

„Wann werden wir in Tacoma sein, Peter?"

„Am späten Abend, Johanna. Und nun kommt, ihr zwei. Weiter geht's. Ihr seid noch nicht fertig mit Erzählen, und ich bin sehr gespannt zu hören, wie eure Geschichte endet." Er legte einige Münzen auf den Tisch, lüftete kurz den Hut und dann verließen sie den Drugstore wieder.

Draußen packte Joe Johannas Arm. „Ich traue ihm nicht."

„Ach was, ich frage ihn einfach", zischte Johanna und kletterte auf die Rückbank des Autos. Joe folgte zögernd.

„Peter, warum hast du zu dem Mann gesagt, du würdest uns bei der Polizei abliefern?"

Peter ließ den Wagen an. „Nun, niemand will gern mit dem Gesetz in Konflikt kommen", erwiderte er. Langsam fuhr er wieder auf den Highway. „Erklär mir, warum Joe nicht in die Schule gehen will, warum hat er Angst vor dem Internat?"

„Ich habe nie Angst vor der Schule gehabt." Joe war heftig geworden. „Aber ..., was verstehen sie schon davon."

„Lernen hat noch nie geschadet", erwiderte Peter.

Johanna nahm Joes Hand. „Peter warte, bis du die ganze Geschichte gehört hast."

Und dann erzählten sie von ihrem Weg durch den Regenwald und dem gemeinsamen Sommer. Als es nur noch zehn Meilen bis Tacoma war, hatte Peter alles über Joe und Johanna erfahren.

„Das ist ja wirklich eine tolle Geschichte. Aber was macht ihr, wenn Johannas Eltern nicht in Yakima sind?"

Die beiden sahen sich an.

„Hm ...", überlegte Johanna, „ich würde versuchen, sie von der Polizei finden zu lassen."

„So, so", sagte Peter nachdenklich, „die Polizei ... Sie würde euch aber trennen, denn Joe darf ja nicht einfach frei herumlaufen."

„Das will ich aber nicht." Johanna nahm Joes Hand. „Wir haben versprochen für immer zusammen zu bleiben."

„Das stimmt", nickte Joe ernst.

„Ich kann nicht glauben, dass meine Familie tot ist. Ich will es. Es drängt mich so sehr nach Yakima, dass sie einfach leben müssen." Johanna senkte den Kopf.

Aber Peter ließ nicht locker. „Was ist, wenn Johannas Eltern in Yakima leben und Joe nicht aufnehmen, weil er ein Indianer ist?"

Wie eine Peitsche schlug diese Frage ein. Schweigend fuhren sie weiter.

„Die Menschen im Nordwesten sind rassenfeindlich, Johanna", fuhr Peter fort. „Ganze Heerscharen von Südstaatlern, die sich mit der Befreiung der Neger nicht anfreunden konnten, wurden von der Regierung angeworben und sind hierher in den Norden gezogen. Die Gesellschaft wird deine Eltern unter Druck setzen."

„Meine Eltern lieben mich", sagte Johanna bestimmt. „Sie werden nichts gegen meine Liebe haben und sie werden Joe nicht fortschicken."

Aber Johanna merkte, wie sie Peters Gedanken unsicher machten. Sie hatte die Eltern Monate lang nicht gesehen.

Sie wusste ja nicht einmal, ob sie überhaupt beide am Leben waren, oder ob vielleicht nur noch die Mutter lebte. Vielleicht ist Vater tot und sie hat einen anderen Mann ... Diesen Gedanken wollte sie lieber nicht zuende denken.

„Und du, Joe?" Peter ließ nicht locker.

„Der große Geist hat viele moderne Ideen. Es ist gut davon zu wissen. Wir werden in die Schule gehen. Zusammen." Joe machte eine Pause. Dann sprach er leise weiter. „Aber ich möchte auch in meine Reservation. Dort ist mein Land."

„Du bist ein kluger Junge." Peter wurde ernst. „Hoffentlich gelingt es dir zu lernen, was du willst."

Johanna legte ihren Kopf an Joes Schulter und schlang beide Arme um ihn. „Joe, wenn wir meine Eltern finden sollten, dann ..."

Plötzlich riss Peter das Lenkrad herum. Die beiden fielen auseinander und stießen mit den Köpfen wieder zusammen. „Puhhh..., Glück gehabt!" Nach diesem Stoßseufzer lenkte Peter das Auto wieder geradeaus.

Johanna schaute aus dem Rückfenster und musste lachen. In der Staubwolke des Wagens stand ein Landstreicher am Straßenrand und fuchtelte wild schimpfend mit beiden Armen herum.

„Sam ... Das ist Sam!" schrie Johanna.

„Und ...?"

„Peter, du musst anhalten. Bitte fahr zurück!"

„Muss das sein?"

„Bitte!" Johanna klopfte ihm mit beiden Händen auf die Schulter.

„Frauen! Joe, ich sage dir, Frauen ..." Peter trat auf die Bremse. „Überleg' dir's gut."

Noch bevor der Wagen zum Halten kam, hatte Johanna die Autotür geöffnet und lief mit ausgebreiteten Armen die Straße zurück. Je näher sie kam, desto lauter hörte sie Sams Fluchen.

„Herrgottsakramentnocheinmal! Autofahrerpack, Verfluchtes habt ihr Pferdeäpfel auf den Augen?" Er stampfte mit beiden Füßen auf der Straße herum.

„Sam", schrie Johanna. „Lieber, guter, alter Sam!"

„Wer bist du denn?" Sam ließ seine Tasche und das Bündel fallen. „Mädchen? Oder Junge?"

„Kennst du mich nicht mehr? Ich bin es, Johanna!" Sie schloss ihre Arme um Sams dicken Bauch und sah zu seinem ungläubigen Gesicht auf.

„Stinker? Du ...? Ich glaub, mich kratzt ein Bär!" Er schlang seine Arme um Johanna. „Teufel auch, wer hätte das gedacht. Und sprechen kannst du!" Er hob sie hoch. „Juchhuuuuh, ha-ha-ha-ha!" Lachend drehte er sich mit ihr im Kreis herum. Als er sie absetzte, ging sein Atem schwer.

„Du hast also den alten Sam nicht vergessen, hää?", schmunzelte er.

Inzwischen waren Peter und Joe im Rückwärtsgang herangerollt.

„Was hast du dir da für vornehme Freunde angelacht?"

„Das ist Peter und das Joe."

„Äah, freut mich, freut mich. Und so ein schönes Auto!"

Johanna fragte ihn, ob er auch nach Tacoma wolle.

„Egal, wohin." Sam nahm Bündel und Tasche wieder auf. „Ein bequemes Plätzchen könnte ich nicht ablehnen. Die Beine ... Außerdem ist der alte Sam der beste Beifahrer der Welt, das weißt du." Er beugte sich zu Peter ans offene Fenster. „Wenn also der Herr Generaldirektor nichts dagegen hat, komme ich gern ein Stück mit."

„Meine Fahrgäste suche ich mir gerne selber aus", sagte Peter und kurbelte die Scheibe hoch. Johanna hielt die Finger dazwischen. „Bitte, nur ein Stück..."

„Also gut, steigen sie ein, ich will vor der Dunkelheit in Tacoma sein", seufzte Peter.

Sie fuhren zusammen weiter. Sam stank zum Himmel. Johanna kurbelte das Fenster herunter.

„Nicht!", schrie Sam. „Ich bin ein alter Mann und vertrage keine Zugluft. Außerdem habe ich Halsweh." Er fuhr mit seinem Ärmel unter der Nase entlang und hinterließ eine schillernde Schnupfenspur. „Sie haben nicht irgendwo ein Fläschchen mit etwas Hochprozentigem zum Gurgeln, das sie einem armen Schlucker, überlass..."

„Ich habe keinen Whiskey", knurrte Peter.

„Na, denn nicht, geht auch ohne", murmelte Sam. „Hat jemand was gegen Musik? – He, Stinker, sing mit!" Und dann ließ er seine Stimme erschallen:

„Ich hat mal in Chicago, ne wunderschöne Braut ...."

Als die ersten Häuser von Tacoma zu sehen waren, setzte Peter Sam ab und gab ihm einen Dollar. Sie verabschiedeten sich von ihm. Er verschwand zwischen den Häusern, nur sein Niesen war noch zu hören. Peter fuhr weiter und stellte sein Auto in eine dunkle Seitenstraße an die Hinterwand eines Hotels.

„Was mache ich mit euch?" Er sah nachdenklich zu Joe und Johanna im Rückspiegel. „Ich übernachte im Hotel. Es ist spät und ich bin müde von der Fahrt."

„Dürfen wir im Auto bleiben?", fragte Johanna vorsichtig.

Peter schüttelte den Kopf. „Das ist zu gefährlich." Er stieg aus dem Wagen und verschwand um die Ecke. „Wartet hier."

Joe und Johanna blieben schweigend im Auto zurück.

„Lass uns verschwinden", sagte Joe.

„Warum?"

„Wir sind in Tacoma."

Draußen gingen Menschen vorbei. Einige hatten Tücher vor Mund und Nase gebunden. In Bodie hatten die Männer Tücher getragen, um sich vor Staub zu schützen. Aber hier staubte es nicht. „Warum tragen sie Tücher vor dem Gesicht?", fragte Joe.

„Ich weiß nicht."

Es war ziemlich dunkel und hatte zu regnen begonnen. Plötzlich kam Bewegung in den ersten Stock des Hotels. Ein Fenster leuchtete auf und wurde geöffnet. Licht fiel auf den Platz vor ihrem Auto. „Das nehme ich", hörten sie Peters Stimme. Joe und Johanna rührten sich nicht. Nach einer Weile vernahmen sie ein leises „Pssst, pssst".

Sie stiegen aus. Oben schaute Peter aus dem Fenster und winkte ihnen zu. „Kommt rauf zu mir", flüsterte er. „Hier", er warf den Autoschlüssel herunter, „den Wagen abschließen."

„Johanna, ich will nicht, dass wir mit Peter ins Hotel gehen", flüsterte Joe.

„Warum nicht?

„Weil ich es nicht will. Er ist ein Mann."

„Jetzt hör auf Joe, du spinnst." Johanna ärgerte sich. Sie hob den Schlüssel auf, schloss die Autotüren ab und versetzte ihm einen kleinen Klaps. „Komm schon."

Sie wollten gerade um die Ecke zum Hoteleingang gehen, da hörten sie Peter leise rufen.

„Haalt! Ihr könnt nicht durch die Hotelhalle. Da sitzt der Sheriff."

Johanna kicherte.

„Schsch ..., hierher." Johanna kletterte auf Joes Schulter und dann die Hauswand hinauf."

„Und wie soll Joe herauf kommen?"

„Pssst! Nicht so laut!"

„Was machen wir mit Joe?"

„Jetzt komm endlich. Wir können nicht die halbe Nacht lang diskutieren." Johanna kletterte auf Joes Schultern und griff nach Peters ausgestreckter Hand. Mit einem Satz zog er sie ins Hotelzimmer. Joe war größer als Johanna, aber er reichte nicht an Peters Hand heran.

„Wir müssen für Joe etwas finden, woran er sich hochziehen kann." Peter schaute sich im Zimmer um.

Johanna stand unter der Lampe und ließ die Hosenträger schnipsen.

„Das ist es!" Peter knöpfte seine Hosenträger ab. „Du auch." Sie knoteten sie aneinander und warfen Joe ein Ende zu. Er fing es auf und kletterte die Hauswand hoch. Johanna und Peter zogen ihn durchs Fenster ins Zimmer. Sie standen unter der baumelnden Deckenlampe, hielten sich die rutschenden Hosen und sahen sich an. Dann konnten sie nicht mehr, hielten sich Hände vor den Mund und bogen sich prustend hin und her.

„Nicht so laut!", lachte Peter und ließ sich auf das Bett plumpsen.

„Das Bett reicht für alle drei, wetten?", kicherte Johanna und stürzte sich zu Peter auf die Matratze. Sie wippten und hüpften darauf herum, dass die Eisenfedern nur so krachten. Joe sah ihnen zu und lächelte gequält. Erst, als von unten jemand gegen die Decke klopfte und „Ruhe" schrie, hörten Peter und Johanna wieder auf.

Peter rollte die Augen und verließ das Zimmer. Nach einer Zeit kam er mit Brot, Äpfeln, Räucherlachs, Wasser und zwei Flaschen Bier zurück.

„Bier?", wunderte sich Johanna.

„Ich weiß, Alkohol ist verboten. Aber ich mag Bier, und ich habe lange keins getrunken. Ihr werdet mich nicht der Polizei verraten, oder …?" Peter ließ grinsend den Schnappverschluss knallen.

„Ihr seid merkwürdig", sagte Joe. „Ihr macht Gesetze und Verbote, und dann habt ihr die größte Freude, sie zu umgehen." Er schüttelte mit dem Kopf und biss in einen Apfel.

„Stimmt, Joe. Wir sind ziemlich verlogen." Peter setzte die Flasche an. Es gluckste in seiner Kehle. „Aaach, herrlich, das Bier!"

Johanna atmete den Biergeruch und ihre Gedanken wanderten zum Hopfen und der Hopfenernte. Die Spannung in ihr wuchs. Was würde sie in Yakima erwarten? Sie kam nicht zur Ruhe, auch nicht, als sie im Bett lag, zwischen beiden Männern. Aber auch die fanden kaum Schlaf in dieser Nacht. Von Joe ging eine ungewöhnliche Hitze aus, und Peter musste immer wieder auf die Toilette, um sein Bier herauszulassen. So lag Johanna im Wechsel zwischen Schlaf und Wachsein, nahm das „Huhuuu, huhuuu, hu hu hu hu…" der Eulen wahr. Sie war froh, als es endlich hell wurde und der Morgen sich mit Geräuschen von Geschäftigkeit ankündigte.

Als die drei etwas später grüßend die Hoteltreppe herunterkamen, blieb dem Mann an der Rezeption der Mund offen stehen. Auf der Straße waren Pferdekutschen, Autos und Reiter unterwegs. Eine Indianerin bot geflochtene Körbe zum Kauf an. Holzfäller, Matrosen und Hafenarbeiter schlenderten auf den Holzbohlen der Fußwege zwischen eleganten Paaren und Müttern, die ihre kleinen Kinder hinter sich herzogen.

Wieder fiel Johanna auf, wie viele Menschen Dreiecktücher vor Mund und Nase gebunden hatten. „Was hat das zu bedeuten?"

„Mmmh", brummte Peter, „fragen wir."

Vor der Auslage eines Werkzeugladens stand ein Mann.

„Guten Morgen, Sir, können Sie mir bitte erklären, warum sie ein Mundtuch tragen?"

Der Mann wich zurück. „Aber, mein Herr", klang seine Stimme gedämpft, „wissen sie denn nicht ...? Eine Epidemie ist ausgebrochen. Im Hafen von Aberdeen hat die Besatzung eines Schiffes Grippe nach Washington eingeschleppt. An der Küste sind schon viele Menschen erkrankt. Einige sind sogar daran gestorben, und es werden täglich mehr." Er räusperte sich. „Eine richtige Seuche!"

„Gibt es keine Medizin?" fragte Johanna.

Der Mann schüttelte den Kopf. „Grippe wird mit dem Atem übertragen, durch Niesen und Husten. Schon eine feuchte Aussprache genügt, haben sie im Radio gesagt." Er zeigte auf Joe und Johanna und sah zu Peter. „Sie und die Kinder sollten sich auch schützen." Dann grüßte er und betrat das Geschäft.

Peter strich nachdenklich mit der Hand über sein Kinn.

„Sam", sagte Johanna leise. „Sam kam aus Aberdeen. Er hat geniest, hatte Schnupfen und hat er nicht etwas von Halsweh gesagt?"

„Stimmt", murmelte Peter. „Es kann gut sein, dass es Sam getroffen hat."

Sie schlenderten die Straße hinunter zum Bahnhof. In einem Schaufenster lag neben Knöpfen, Strumpfbändern und Nähgarn auch ein Stapel buntbedruckter Halstücher.

„Ich glaube, wir gehen auf Nummer sicher", sagte Peter. „Sollten wir uns noch nicht angesteckt haben, schützt uns ein Tuch vor der Ansteckung. Wenn wir die Erreger schon in uns haben, dann schützen wir die anderen vor uns. Also hinein mit euch!" Er stieß die Ladentür auf und löste dadurch ein langandauerndes Gebimmel von kleinen Glöckchen aus. Jeder suchte sich ein Halstuch aus, und Peter bezahlte.

„Mein Abschiedsgeschenk und dann, meine Lieben ..." Er knüpfte sich das Tuch um, und seine Stimme klang gedämpft. „Dann will ich euch endlich wieder loswerden."

Johanna musste lachen, als sie Joes vermummtes Gesicht sah. Aber Joe lachte nicht.

„He, was ist mit dir?" Johanna verstand ihn nicht. „Du hast seit gestern Abend kein Wörtchen mehr gesprochen."

Joe schaute zur Seite. Er schwieg.

„Man könnte glauben, du bist beleidigt. Oder dich hat die Grippe schon gepackt und du bist bereits am Sterben."

Joes Blick traf sie ins Herz.

„Ach Joe, war doch nicht so gemeint", Johanna streichelte ihm mit beiden Händen über die Wangen. Seinen Augen waren gerötet. Schweiß stand auf seiner Stirn.

Sie verließen den Laden und gingen zum Bahnhof. Es wimmelte von Menschen. Das Schild Yakima-County wies sie zum hintersten Gleis. Dort war die Sammelstation für Hopfenerntehelfer. Eine große Menschentraube stand hier zusammen. Alles Indianer. Sie mussten an einem Mann vorbei, der an ein Stehpult gelehnt ihre Namen festhielt und ihnen eine Karte ausstellte. Peter drängelte sich vor.

„Guten Morgen, Sir." Er lüftete freundlich seinen Hut und zeigte auf Joe. „Das hier ist der tüchtigste Indianer, den ich kenne." Er wies auf Johanna. „Meine Nichte, sie möchte ihn zu ihren Eltern mitnehmen."

„Wenn sie bezahlen, kann er hier mitfahren. Die Kleine müssen sie vorne in den Reisewaggon setzen." Der Mann reichte Peter eine Karte für Joe.

„Sie haben mich falsch verstanden", sagte Peter. „Die beiden sollen zusammen reisen."

„Wo denken sie hin?" Der Mann wies mit dem Daumen hinter sich. „Die letzten Wagen sind überfüllt mit Indianern. Man transportiert doch keine Mädchen mit Wilden zusammen!" Empört schaute er Peter an. „Sie können mit ihr vorn Platz nehmen."

„Guter Mann", sagte Peter, „ich habe nicht die Absicht mitzufahren. Die beiden kennen sich gut. Ich habe den Eltern des Mädchens versprochen, sie reisen zusammen."

„Das interessiert mich nicht. Junge Mädchen gehören in den Reisewaggon. Geben sie die Kleine jemanden in Obhut. Wie wär's mit der Lady dort?" Er zeigte mit dem Bleistift auf eine ältere Dame mit einem Haarknoten unter dem Schleierhütchen.

Peter schüttelte den Kopf. Der Mann steckte seinen Bleistift hinter das Ohr und trommelte mit den Fingern auf das Pult. „Sie wollen den Reisepreis für die Kleine sparen, stimmt's?" Er lehnte sich vor und lugte gebeugt über sein Pult. „Erntehelfer fahren billiger ..."

„Dafür sind es auch keine Reisewaggons. So wird eher das Vieh verladen", knurrte Peter mürrisch.

„Onkel Peter", blinzelte Johanna ihm zu. „Joe und ich bleiben auf jeden Fall zusammen."

„Da haben sie es!" Peter klatschte in die Hände. „Jetzt geben sie ihrem Herzen einen Stoß, Mann."

„Wie heißen denn die Eltern?" Der Mann spuckte einen Batzen Kautabak in den Spucknapf am Boden. „Ich kenne alle Farmer in Yakima. Und keiner von ihnen würde seine Tochter im Indianerwaggon fahren lassen."

Johanna drängte sich vor. „Meine Eltern sind noch nicht lange dort. Sie heißen Hans und Maria Halder. Kennen sie die?" Johanna wartete gespannt auf die Antwort.

Der Mann schien nachzudenken. „Kenne ich nicht. Die wohnen nicht in Yakima." Er legte zwei Finger in den Mund und stieß einen gellenden Pfiff aus. Aus der Menge löste sich ein Mann in Uniform.

„He, Bill, kennst du einen Hopfenfarmer Halder?"
Bill schüttelte den Kopf. „Nö, kenne ich nicht."
Johanna packte ihn am Ärmel. „Sie wohnen noch nicht lange dort. Sie haben einen kleinen Sohn."
Johanna schaute Bill eindringlich an. „Es könnte auch sein, dass sie keinen Sohn haben, dass er gestorben ist. Oder, dass nur die Mutter in Yakima lebt ..." Ihre zitternde Stimme war immer leiser geworden. Ihre Augen füllten sich mit Tränen. „Aber einer von ihnen erwartet mich dort." Johanna schluchzte.
Der Uniformierte stutzte. Das Mädchen tat ihm leid. „Hm, in Yakima gibt es keine Halders, da bin ich mir sicher. Aber in Toppenish, das ist ein paar Meilen von Yakima entfernt, da haben sich im Frühjahr Farmer neues Land gekauft. Es sind Franzosen und Deutsche. Die müssen ihr Land erst noch bearbeiten, deshalb habe ich für die auch noch keine Erntehelfer besorgen müssen. Aber wie sie heißen, weiß ich nicht."
Johanna wurde ganz schwindelig.
Lieber Gott, lass Mama, Papa und Mäxchen dabei sein, bitte! Sie legte die Hände vor das Gesicht. Dann wandte sie sich um. „Peter, wir müssen nach Toppenish!"
Peter sah ihr in die Augen und wurde sehr sanft. „Okay, kleine Lady!" Er klatschte mit den Händen auf das Stehpult des Dicken. „Wenn sie die Kleine nicht bei den Indianern mitfahren lassen wollen, dann geben sie mir halt in Gottes Namen zwei Fahrkarten für den Reisewaggon."
„Ausgeschlossen! Ein Indianer im Reisewaggon, das kommt überhaupt nicht in Frage. Da komme ich ja in Teufels Küche!" Er kratzte sich am Hinterkopf. Peter legte ihm einen Geldschein hin und flüsterte: „Das ist für sie."
„Also gut. Sie fahren mit den Indianern."
Johanna umarmte Peter so wild, dass er seinen Hut verlor. Joe hob ihn auf und gab ihn mit einer Verbeugung zurück. Peter klopfte ihm auf die Schulter. Von ferne hörten sie den Zug kommen.
„Hört zu, ihr beiden." Peter legte beiden die Arme um.

„Die Zeit drängt. Ich hoffe ihr bleibt gesund und landet gut in Toppenish. Viel Glück!"

Und dann war es endgültig Zeit, denn alle waren schon eingestiegen. Joe und Johanna rannten den Bahnsteig entlang und wurden in den letzten überfüllten Waggon von Bill hineingedrückt. Langsam setzten sich die Räder in Bewegung. Aus dem Fenster sahen sie Peter seinen Hut schwenken. Dann verließ der Zug Tacoma.

12

Es war stickig und heiß in dem Waggon. Die Menschen standen dicht gedrängt hinter Joe und Johanna. Sie war voll Aufregung und Spannung. Würde sie am Ende dieser Bahnfahrt ihre Eltern wiedersehen? Und Max? Oder nur die Mutter ...?

Draußen sauste die Landschaft vorbei. Hinter dicht bewaldeten Gebirgsketten ragten drei Vulkane in den Himmel. „Wie schön sie mit ihren dicken Schneemützen aussehen!", freute sich Johanna.

„Es gibt Legenden über diese drei Berge." Joe räusperte sich.

„Erzähl mir eine, Joe, du weißt, wie ich deine Geschichten liebe."

Joes Stimme klang heiser. „Einstmals kämpften zwei Krieger, Wyeast und Phato um die Liebe eines bezaubernden Indianermädchens. Sie ließen die Erde beben, Felsen durch die Luft wirbeln, und sie schleuderten riesige Feuerbälle hin und her. Aber keiner von beiden wurde Sieger. Die Erde aber war böse über den Kampf, denn all ihre Pflanzen und Tiere waren zerstört worden. Um die Erde wieder friedlich zu stimmen, verwandelten die Götter Wyeast in Mount Hood und Phato in Mount Rainer. Das Indianermädchen, welches die Herzen der beiden entflammt hatte, wurde Mount St. Helens."

„Und zur Strafe müssen sie starr in der Gegend herumstehen?"

„Ja, aber manchmal zeigt einer der Berge, dass der Kampf noch immer nicht beendet ist. Dann steht eine Rauchwolke über einem der Gipfel."

„Ist es verkehrt, wenn man um seine Liebe kämpft?"

„Nicht unbedingt. Aber Eitelkeit und Zerstörung vertragen sich nicht mit Liebe."

Johanna wandte sich zu Joe. Sie erschrak. Seine Augen waren glasig, Schweiß stand auf seiner Stirn und rann über kleine Rinnsale in das Tuch über der Nase.

Indianer können an den Krankheiten der Weißen sterben, erinnerte sich Johanna. Das hatten die Kinder in der Missionsschule erzählt. Sie legte ihre Hand auf Joes Stirn. Sie war sehr heiß. „Joe, du bist krank." Johanna wischte ihm den Schweiß ab.

„Es ist so eng hier", antwortete er matt. „Ich bekomme kaum Luft und habe das Gefühl, meine Nase wächst zu."

„Soll ich das Fenster öffnen?" Johanna strich ihm die nassen Haare beiseite.

„Ich weiß es nicht. Mir ist heiß und kalt zugleich. Meine Ohren hören das Rauschen des Blutes und das Pochen meines Herzens."

„Joe, du hast Fieber."

„Ja."

Die Grippe! Sie hatte Joe erwischt. Johanna überlegte, was sie tun könnte. Aber in dem überfüllten Waggon war gar nichts möglich.

Die Fahrt ging durch die Berge der Kaskaden, vorbei an Waldseen und vielen Wildwasserflüssen. Sie überquerten den Snoqualmi–Pass. Dicke, graue Nebelschwaden hatten begonnen die Baumgipfel einzuhüllen. Es regnete.

Johanna öffnete das Fenster.

Joe legte seinen Kopf auf ihre Schulter und sog tief die feuchte, kühle Luft ein. Sein heißer Körper lastete auf ihrem Rücken. Als der Wald lichter wurde, ließ der Regen nach. Unerwartet öffnete sich vor ihnen ein weit ausladendes Tal. Der Zug fuhr ins Yakima-County, und dazu schien die Sonne.

Johanna fand, das müsste ein gutes Zeichen sein.

Die Erde war gelb, verbrannt und versteppt. Doch je näher sie der Stadt Yakima kamen, um so mehr war die Steppe kultiviert. Auf grünen Wiesen standen junge Apfelbäumchen. Riesige Bewässerungsrinnen aus Holz führten von irgendeinem Fluss das Wasser in die Getreidefelder, in die Obst- und Hopfengärten.

„Hopfen!" Johanna hüpfte vor Freude. „Joe, sieh doch nur, das sind Hopfengärten!"

Vor dem Fenster zeigten sich hohe Baumstämme, die oben durch einen Draht miteinander verbunden waren. Vom Boden wuchs Hopfen, eine Pflanze neben der anderen und rankte sich mit dunkelgrünen Blättern und duftenden hellgrünen Dolden bis zu drei Meter an einem dünnen Draht nach oben.

Johanna streckte ihren Kopf weit aus dem Eisenbahnfenster. „Zu Hause!", murmelte sie. „Hopfen! So riecht es zu Hause ..." Sie schloss ihre Augen. Die Sehnsucht nach ihren Eltern war so stark in ihr, so drängend, dass sie glaubte, platzen zu müssen. Plötzlich merkte sie, wie Joe hinter ihr erbärmlich zu zittern begann. „Oh Joe, es ist nicht mehr weit."

Endlich zeigten sich die ersten Häuser von Yakima. Kurz darauf fuhr der Zug in den Bahnhof. Johanna öffnete die Tür. Sie musste Joe stützen. Er sah schlimm aus. Seine Augen lagen in tiefen Höhlen, und er zitterte immer noch am ganzen Körper. Johanna führte ihn zu einer Bank.

„Wasser!", flüsterte Joe matt. „Bitte ...!"

Johanna hörte seine Zähne unter dem Mundtuch aufeinander schlagen.

„Ja, ja, Joe. Ich bin gleich zurück." Sie nahm ihren Wasserkorb und hastete über den Bahnsteig.

Vor dem Warteraum befand sich die eiserne Trinkwasserpumpe. Eine Menschenschlange hatte sich gebildet, als wären auf einmal alle Erntehelfer am Verdursten.

Johanna versuchte sich mit ihrem Korb vorzudrängen. „Lassen sie mich durch, ich habe einen Kranken zu versorgen." Aber ein großer kräftiger Mann hob sie einfach in die Höhe und setzte sie am Ende der Reihe wieder ab. Es blieb ihr nichts anderes, als zu warten, bis sie dran war. Endlich konnte sie ihren Korb mit kühlem Wasser füllen. Sie rannte zurück zu Joe. Aber die Bank war leer. Johanna begann zu suchen, lief zum Warteraum, rannte umher, hielt Ausschau auf dem Vorplatz und den Straßen. Sie schaute in das Zimmer des Bahnhofvorstehers, aber nirgendwo konnte sie ihn entdecken.

Er kann doch nicht einfach verschwunden sein. Sie ging noch einmal zum Zug, mit dem sie angekommen waren. Er stand noch auf dem Gleis. Sollte Joe etwa wieder ...?

Johanna sah drei Männer einige Waggons vom Zug abkoppeln und lief zu ihnen. Einer war der Bahnhofvorsteher. „Entschuldigung, Sir." Sie war völlig außer Atem. „Haben sie hier einen Indianerjungen gesehen?"

Der Mann lachte. „Vor ein paar Minuten wimmelte es hier von Indianern. Für mich sehen die alle gleich aus."

„Aber mein Freund Joe muss ihnen aufgefallen sein", rief Johanna. „Er trägt ein braunes Tuch vor dem Mund. Er hat vorher dort drüben auf der Bank gesessen. Ihm ist nicht gut."

„Was hat er denn für eine Fahrkarte?"

„Die gleiche, wie ich", sagte Johanna und kramte aus der Hosentasche ihren Fahrschein hervor.

Der Vorsteher nahm ihn und warf einen Blick darauf. „Toppenish steht drauf, mein Kind. Toppenish!"

„Ja, und ...?" Johanna sah ihn fragend an.

„Wenn er einem Hopfenbauern in Toppenish zugeteilt ist, dann wird er wieder im Zug sitzen. Und der fährt in zehn Minuten weiter."

Johanna klatschte sich mit der flachen Hand an die Stirn. „Ach, bin ich ein Esel! Vielen Dank, Sir." Sie stieg wieder in ihren Zug und durchsuchte einen Wagen nach dem anderen. Im letzten fand sie Joe zusammengekauert in der Ecke einer Bank.

„Joe ...!" Sein Atem ging schwer.

„Joe", sagte Johanna leise, „wach auf, ich habe Wasser." Aber er rührte sich nicht. Johanna setzte sich neben ihn und nahm seinen Kopf zu sich in den Arm. Er war heiß und feucht. Sie zog sein Mundtuch unter das Kinn und setzte vorsichtig das Wasserkörbchen an seine Lippen. Mit geschlossenen Augen trank Joe kleine Schlucke. Einen nach dem anderen.

Eine alte Indianerin kam vorbei. Sie nahm gegenüber von Johanna Platz. „Der weiße Mann hat befohlen, ihn in den Zug zu setzen. Wir haben ihn hierher gebracht und auf die Bank gelegt."

„Danke", flüsterte Johanna.

„Er ist in einer anderen Welt. Vielleicht kommt er von dort zurück. Aber vielleicht gefällt es dem großen Geist, ihn zu behalten."

Erschrocken schaute Johanna die alte Frau an.

„Der große Geist ihn behalten? Habt ihr keinen Zauber, ihn zurück zu holen? Kein Tamanois, keine Medizin, keinen Schutzvogelgeist oder irgend jemand, den wir anrufen können, ihm zu helfen?" Angst schnürte Johannas Kehle zu. „Eer ddd-arf nnn-icht st-st-erben!" flüsterte sie. „Lieber Gott, lass ihn gesund werden", betete sie. Sie nahm Joes Mundtuch, tauchte es in den Korb, drückte das überflüssige Wasser wieder heraus und legte ihm das nasse Stück Stoff auf die Stirn. Sie kühlte ihm Hände und Gesicht. Dann nahm sie Joe fest in ihre Arme und schloss die Augen.

Schutzvogel, dachte sie. Schutzvogel, hilf mir! Auf einmal

war vor ihren Augen das hundertfache, warme Grün des Pazifischen Regenwaldes. Sie spürte die wärmende Rinde Chitems, und sie hörte das Plätschern des Wasserfalles. Sie sah die Farne vor sich, das Moos, die Rotzedern und das Schwingen in den Baumspitzen. Und auf einmal wurde sie sehr, sehr ruhig. Wie von selber kam er zu ihr, der altvertraute Rhythmus: - Hee ananna, hee ananna, hee ananna, hee. Sie wiegte sich mit Joe hin und her, hin und her und begann zu summen. „Hee ananna, hee ananna, hee ananna, hee..."

Langsam setzte sich der Zug in Bewegung und leise, ganz leise stimmten die anderen Indianer in den Gesang mit ein.

Als sie Toppenish erreichten, war das Wasser aufgebraucht und Joe immer noch in seiner anderen Welt. Der Zug hielt an. Die alte Indianerin half Johanna, Joe aus dem Zug zu tragen und ihn auf eine Bank zu legen. Dann ging sie hinter den anderen her.

Johanna hielt Joes Hand. Sie strich ihm über die Stirn.

„Was ist denn mit dem los? Ist er betrunken?", hörte sie auf einmal eine Stimme hinter sich. Es war Bill, der Mann aus Tacoma. Die anderen Menschen waren alle fort. Weit und breit war niemand mehr auf dem Bahnhof zu sehen.

„Joe ist schwer krank."

Bill runzelte die Stirn. „Was hat er? Etwa die Grippe?" Mit aufgerissenen Augen wartete er ihre Antwort gar nicht erst ab, sondern stand nervös von einem Fuß auf den anderen. „Er wird die anderen Indianer angesteckt haben. Diese Wilden halten nichts aus. Die sterben weg, wie die Fliegen." Er klatschte in die Hände. „Das ist ja nicht zu fassen. Da können wir gleich anfangen und die ersten Gräber ausheben!" Er hielt sich mit beiden Händen den Kopf und wandte sich wieder Johanna zu. „Der Junge muss zu einem Arzt. Er braucht Medizin. Aber wer soll das denn bezahlen?"

Johanna zuckte mit den Schultern. „Wir müssen meine Eltern oder meine Mutter finden", sagte sie leise und schaute ihn flehend an. „Bitte, bringen sie mich zu den neuen Siedlern." Ein dicker Knoten saß in ihrem Hals. Er begann sich auszuweiten, bis sie meinte ersticken zu müssen.

Bill sah sie an. Das Mädchen tat ihm leid. Außerdem brachte er es nicht übers Herz, den Indianer hier verrecken lassen. „Okay", sagte er, „unter den neuen Siedlern soll auch ein Arzt sein. Das Beste ist, ich fahr euch hin." Er seufzte. „Ich weiß gar nicht, warum ich immer so gutmütig bin." Kopfschüttelnd ging er davon, um sein Fuhrwerk zu holen. Vorsichtig legten sie Joe auf den Wagen und verließen auf der staubigen, holprigen Straße den Bahnhof von Toppenish. Das Pferd trabte vorbei an einer kleinen Kirche, mehreren Obstgärten und sauberen kleinen Holzhäusern. Hinter einem Hopfengarten fiel Johannas Blick auf ein großes, altes Haus. Es schien verlassen zu sein. Der Dachstuhl musste vor längerer Zeit gebrannt haben. Sie folgte den rußigen Spuren mit den Augen, und dann sah sie plötzlich dort oben im Schatten des Vordaches eine Eule sitzen. Am hellen Tag! Unbeweglich saß sie da. Und sie sah Johanna an. Erst als Bill ein ganzes Stück weitergefahren war, und der nächste Hopfengarten die Sicht auf das Tier versperrte, wandte sie ihren Blick wieder der Straße zu. Weit vor ihnen waren Häuser zu sehen. Ihr frisches Holz schimmerte golden in der Abendsonne.

Johanna hielt den Atem an. Sie fuhren auf das erste Haus zu. Bill lenkte sein Pferd von der Straße auf den gewundenen Pfad. Es war ein schlichtes einfaches Haus, aber die Front war weiß gestrichen worden. Und grüne Läden schmückten die Fenster.

Johanna wusste es, sie wusste es sofort. Das ist das Haus ihrer Eltern! Bill hielt das Pferd vor dem Brunnen.

Johanna kletterte vom Wagen und ging mit weichen Knien über den Kiesweg auf die Veranda zu. Sie blieb stehen. Ein kleiner Weinstock lehnte sich an einen Stecken. Seine grünen Jahrestriebe rankten an dem Geländer der Treppe hinauf. Auf der anderen Seite war schon das Spalier ans Haus gebaut, an dem der junge Birnbaum seine Äste hoch wachsen lassen sollte. Eine grobe Holzbank lud ein zum Ausruhen. Auf dem Tisch davor stand ein Korb voll Maiskolben, eine Schüssel mit Äpfeln und mehrere Blumentöpfe, in denen sorgsam Pflanzen an kleine Stöckchen angebunden waren.

Die Haustür öffnete sich. Im Rahmen stand die Mutter in einem blauweiß karierten Kleid. Ihre goldblonden Locken waren im Nacken mit einem Band zusammen gebunden. Die Arme waren voller Mehl und ihre Hände, die zuvor im Brotteig gesteckt hatten, wischten an der grauen Schürze hin und her. „Mein Kind ...!"

Johannas Augen füllten sich mit Tränen. Sie sah nichts mehr und wurde schwach, so schwach. Aber Mutters Arme legten sich um sie, hielten sie fest und sicher.

Johanna roch ihre Nähe, und dann brach ein Schluchzen aus ihr. Ein Schluchzen, das unendlich lange in ihr geschlummert hatte.

„Ich will ja nicht unhöflich sein", hörten sie auf einmal Bill. Er räusperte sich und scharrte mit den Füßen auf dem Kies herum. „Ich habe einen harten Tag hinter mir und sollte die Füße unter den Tisch meiner Frau stellen. Vielleicht können sie mir den Jungen da abnehmen?" Er zeigte auf Joe.

Johanna löste sich aus der Umarmung. „Mutter, das ist Joe. Er hat hohes Fieber. Wir müssen ihm helfen."

Die Mutter bat Bill, den Kranken mit nach oben ins Bett zu tragen und gab ihm zum Dank einige Gläser eingemachtes Schweinefleisch mit. Dann wandte sie sich an Johanna. „Vor dem Haus ist ein Brunnen. Bitte hole mir einen Eimer Wasser." Und schon war sie wieder die Treppe hinauf zu Joe geeilt.

Als Johanna mit dem Eimer ins Zimmer kam, hatte ihre Mutter Joe schon ausgezogen und abgewaschen. Sie klopfte ihm den Rücken mit Franzbranntwein und deckte ihn gut zu, nur die Unterschenkel ließ sie frei. Sie zeigte Johanna, wie sie mit dem Brunnenwasser kalte Wickel um Joes Waden machen sollte.

„Sie ziehen das Fieber aus seinem Körper", erklärte sie. „Du musst sie alle paar Minuten wechseln. Ich komme gleich wieder."

Johanna merkte, wie es in ihr ruhig und immer ruhiger wurde.

Mutter Halder kam zurück mit einer großen Kanne Lindenblütentee und einem Riechfläschchen. „Das tut seiner verstopften Nase gut und lässt ihn wieder zu sich kommen." Sie wedelte damit vor Joes Gesicht hin und her. Er seufzte und atmete tief ein.

„Johanna, Vater ist mit Max in der Stadt", sagte sie eilig. „Ich hole Dr. Smith. Er wohnt ganz in der Nähe. Versorge du deinen Freund mit den Wickeln, und gib ihm zu trinken. Das ist wichtig. Er braucht viel Flüssigkeit." Sie drückte Johanna an sich und gab ihr einen Kuss. „Und du, mein Schatz, trink auch ein wenig Tee. Er wird dir gut tun." Sie reichte ihrer Tochter einen dampfenden Becher und damit war sie auch schon aus dem Zimmer verschwunden.

Johanna nahm einen großen Schluck. „Vater lebt und Max lebt!" murmelte sie vor sich hin. Sie hörte, wie draußen ein Pferd davon galoppierte. „Und meine Mutter reitet in den Ort, um einen Arzt für meinen liebsten Joe zu holen."

Johannas Anspannung ließ mehr und mehr nach. Sie nahm die heißen Tücher von Joes Waden, wusch sie aus und legte sie ihm wieder an. Sie breitete die Bettdecke darüber und kauerte sich zu Joe's Füßen.

Dies ist also unser Haus, dachte sie und schaute sich im Zimmer um. Erst jetzt merkte sie, wie ihr der Rücken weh tat und die Haut am ganzen Körper. Die Augen brannten und ihre Nase war verstopft. „Ich bin auch krank, Joe", sagte sie leise und streichelte über seine Bettdecke.

Aber was machte das jetzt schon aus, jetzt, wo sie endlich, endlich wieder zu Hause war.

13

Vier Wochen kämpften Johanna und Joe gegen die Grippe. Bis zur Erschöpfung hatte Mutter Halder zu tun, um die Tochter und ihren Freund gesund zu pflegen. Täglich schaute Dr. Smith nach ihnen. Langsam, ganz langsam stellte sich Besserung ein, zunächst bei Johanna, dann auch bei Joe. Kraftlos und abgemagert lagen sie einander im Krankenzimmer gegenüber. Max durfte sie nur kurz besuchen. Er war viel zu quirlig und immer noch zu anstrengend für die beiden. Jeden Abend kam der Vater und löste die Mutter in der Pflege ab. Von ihm erfuhren Joe und Johanna Stück für Stück den Weg der Eltern von Bodie nach Yakima.

Genau an jenem Tag, als Bodie in Flammen aufging, waren Vater und der Schotte Mr. Mc Lean in ihrem Stollen fündig geworden. Eine kleine Ader war es gewesen, mit mehreren großen und kleineren Nuggets. Deshalb arbeiteten sie länger als gewöhnlich. Mr. Mc Lean hatte Vater bis dahin nie für seine Arbeit entlohnen können. Aber an diesem Abend zahlte er Vater Halder aus, einen Tabaksbeutel voll Gold. Er selbst füllte sich seine Hosen und Jackentaschen mit den Nuggets. Mr. Mc. Lean wollte den Reichtum auf dem Weg zur Bank spüren, ihn nicht aus den Händen lassen, bis alles sicher im Tresor verwahrt sein würde.

Doch es gab Menschen in Bodie, die sich nicht gern die Hände schmutzig machten. Schon gar nicht mit Arbeit. Sie lungerten herum und beobachteten die Heimkehrer aus den Minen. In der Nähe der Bank, in einer dunklen Seitenstraße überfielen zwei dieser Halunken Vater und Mr. Mc Lean, den sie erschossen und ausraubten."

„Dann habe ich Mr. Mc Lean gesehen, Vater", unterbrach Johanna die Erzählung. „Er war schon tot. Und wo bist du gewesen?"

„Ich wurde niedergeschlagen und hatte zunächst das Bewusstsein verloren", sagte der Vater. „Als ich wieder zu mir kam und Mr. Mc Lean tot neben mir sah, erschrak ich. Ich griff nach meinem Beutel mit Nuggets." Er lächelte. „Er war noch da. Ich hatte ihn an meiner Unterhose festgebunden und trug das Gold zwischen den Beinen."

Johanna und Joe warfen sich einen Blick zu und mussten lachen.

„Und wie ging es weiter?"

„Ich hatte Angst, dass mich jemand des Mordes an Mr. Mc Lean bezichtigen könnte. Mit dem vielen Gold in der Hose war ich ja auch verdächtig. Schließlich hätte man glauben können, ich hätte den Schotten umgebracht und ihn beraubt. So wankte ich von einem dunklen Winkel zum nächsten bis zu Dr. Smith. Er versorgte meine Wunden am Körper und hier im Gesicht." Vater Halder zeigte auf eine Narbe über der linken Augenbraue. „Dr. Smith glaubte mir, dass ich Mr. Mc Lean nicht ermordet hatte und ritt zu dem Leichnam, um festzustellen, ob der Schotte wirklich tot war, oder ob er ihm noch helfen konnte."

„Das ist ja wirklich aufregend!" Johanna musste sich wieder unter die Bettdecke legen. Das aufrechte Sitzen und Zuhören strengte sie noch sehr an.

Vater Halder füllte Joes und Johannas Becher mit frischem Hagebuttentee. Dann fuhr er fort. „Als Dr. Smith zurückkehrte, ertönte die Feuerglocke. Ich machte mir große Sorgen um Mutter und euch Kinder. So schnell ich konnte, lief ich nach Hause. Ich fand Max, nahm ihn aus dem Bettchen und stopfte das Nötigste in meine Taschen. Ich verstand nicht, dass du, Johanna, nicht im Haus warst."

„Ach, Vater", Johanna seufzte. „Ich habe dich doch gesucht! Wenn du wüsstest, was ich genau in diesem Moment durchgemacht habe!"

„Erzähle uns alles später der Reihe nach, Johanna", bat die Mutter.

„Ja, zuhören ist nicht so anstrengend wie erzählen." Der Vater strich Johanna über den Kopf. „Also, ich verstand nicht, warum du nicht da warst und überlegte mir, dass du vielleicht zu Mutter gelaufen warst. So schloss ich das Haus ab und rannte mit Max die Straße hinauf. An der Ecke kam mir Mutter entgegen. Sie erzählte, dass du sie bei Madame Loussier gesucht hattest. Was sollten wir tun?" Der Vater setzte sich auf den Sessel fuhr sich durch die Haare. „Das Durcheinander in der Stadt wurde immer schlimmer", ergänzte die Mutter. „Menschen rasten zu Fuß, zu Pferd, per Auto oder Fuhrwerk an uns vorbei. Es wurde überall geschrien, und auf meinem Arm schrie Max."

Der Vater fasste sich an die Schläfen. „Der Schmerz in meinem Schädel dröhnte. Aber wir konnten doch unser kleines Mädchen in diesem Durcheinander nicht einfach zurücklassen und uns davonmachen! Ich lief einige Straßen auf und ab, um nach dir zu suchen, während Mutter vor dem Haus blieb und auf dich wartete."

„Inzwischen brannte es überall."

„Und dann?" Johanna krabbelte vor Aufregung aus ihrem Bett und hüpfte zu Joe hinüber, um sich bei ihm an zu kuscheln.

„Aber Johanna ...!" Die Mutter schaute vorwurfsvoll zu ihrem Mann.

„Du kannst doch nicht zu Joe unter die Bettdecke ...!", der Vater räusperte sich, „also in Joes Bett gehen."

Joe und Johanna sahen sich verwundert an. „Warum nicht? Wir haben den ganzen Sommer zusammen gelebt. Wir lieben uns." Johanna umarmte Joe.

Die Eltern schauten sich hilflos an. Dann sagte der Vater. „Johanna, geh sofort in dein Bett." Und nach einer kleinen Pause fügte er hinzu. „Das gehört sich nicht!"

Es war die Stimme des Vaters. Diese Strenge darin. Johanna hatte sie lange nicht gehört, aber dieser Stimme war immer zu gehorchen gewesen. So tat sie es auch jetzt. Widerwillig verließ sie Joes Bett, blinzelte ihm zu und nahm wieder unter ihrer eigenen Decke Platz. „Und wie ging es nun weiter?", fragte Johanna ungeduldig.

Der Vater fuhr fort: „Auf einmal kam Dr. Smith mit seinem Fuhrwerk die Straße entlang. ‚Schnell, schnell, kommen sie, ich nehme sie mit aus der Stadt heraus', rief er. ‚Hier ist die Hölle los!' Du kannst dir vorstellen, in was für einer schlimmen Situation wir waren. Wir konnten doch die Stadt nicht ohne dich verlassen! Als das Feuer auf unser Dach überschlug, und der Dachstuhl zu brennen begann, kletterten wir auf Dr. Smith's Wagen. Wir hofften, dich noch irgendwo zu finden und überredeten Dr. Smith, noch einmal durch die Straßen zu fahren. Inzwischen stand ganz Bodie in Flammen. Die Pferde gingen uns durch. In rasender Fahrt kamen wir noch einmal an unserem Haus vorbei. Es brannte lichterloh, und die Haustür stand weit offen."

„Wir haben uns verpasst!", rief Johanna. „Nur wenige Minuten haben wir uns verpasst. Es ist einfach nicht zu fassen!" Sie schüttelte den Kopf.

Die Mutter stand auf und setzte sich auf Johannas Bettkante.

„Oben vom Friedhof aus sahen wir Bodie brennen, lichterloh. Dann machten wir uns auf den Weg." Sie nahm Johannas Hände: „Wir waren uns nie sicher, ob du verbrannt bist oder was dir sonst widerfahren ist. Wir beteten und hofften, wenn du lebst, würdest du den Weg nach Yakima finden. Und das hast du nun ja auch getan!" Sie umarmte ihre Tochter mit Tränen in den Augen.

„Bodie ist vollständig niedergebrannt. Nur ein alter Mann soll dort noch wohnen," meinte der Vater.

„Es sind zwei alte Männer", sagte Johanna. „Ich war noch einmal dort und habe euch gesucht. Aber ich fand nichts, nicht einmal eine Nachricht."

„Wir haben bei allen Polizeistationen in Kalifornien ein

Foto von dir hinterlassen. Wie der Steckbrief eines Schwerverbrechers hing ein Brief in vielen Orten Kaliforniens und Oregons, in dem wir dich baten, nach Yakima zu kommen. Und sogar hier in Yakima-Town hängt noch einer, der dir den Weg nach Toppenish weisen soll." Der Vater umarmte Johanna. „Auf dem Foto siehst du natürlich noch ganz anders aus. Es konnte ja keiner wissen, dass mein kleines Mädchen ihre hübschen Zöpfe verloren hat."

Die Mutter wischte sich die Tränen aus dem Gesicht. „Ach, und nun bist hier. Wir sind sehr dankbar und sehr, sehr glücklich."

Und dann begann Johanna zu erzählen …

14

Am nächsten Morgen unterbreiten die Eltern Joe und Johanna, es sei nicht weiter zu verantworten, dass die beiden den selben Raum teilen. Joe sollte ein eigenes Zimmer bekommen. Noch an diesem Tag würden sie es für ihn her richten.

Nach dem Frühstück lehnte sich Vater Halder in seinem Stuhl zurück. Er sah ernst aus. „Joe", begann er, und sein Gesicht war voll Sorge. „Wir sind sehr dankbar für alles, was du unserer Johanna Gutes getan hast. Dennoch ..." Er rieb nervös an seinem Kinn. „Wie soll ich anfangen? Es ist schwirig zu erklären."

Johanna griff nach Joes Hand.

Der Vater räusperte sich. „Also, es tut mir wirklich leid für dich, Joe. Aber Indianer werden in dieser Gegend nur als Erntehelfer geduldet. Sie wohnen in Zelten am Rande der Hopfenfelder oder die Yakimas in ihrer Yakima-Reservation. Joe, du kannst hier bei uns bleiben, bis du wieder ganz zu Kräften gekommen bist. Das werde ich vor den Anderen gerade noch vertreten können. Aber dann ..."

„Vor den anderen?" Johanna schüttelte ungläubig den Kopf. „Welchen anderen?"

„Die Leute im Ort", sagte die Mutter.

„Sie haben mich schon auf ..." Vater Halder räusperte sich wieder und wieder. „Äh, sie haben uns auf unseren Gast angesprochen." Seine Stimme klang heiser.

„Was geht die Leute unser Gast an?"

„Johanna bitte!" Die Mutter rang mit den Händen in der Luft. „Es ist nicht üblich, dass Weiße und Indianer unter einem Dach ..."

„Dann werden wir eine Ausnahme sein." Johanna reichte der Mutter die Hände über den Tisch. „Wir werden ihnen zeigen, Quinaults sind genauso gut wie Weiße."

Die Mutter schüttelte den Kopf. „Wir haben schon genug Schwierigkeiten bekommen."

„Schwierigkeiten?"

„Der Händler verkauft uns keinen Draht mehr für die Hopfenstangen, und der Metzger sagte mir schon mehrmals, es gäbe nichts mehr. Für uns sei alles ausverkauft, solange dieser Indianer ..."

Johanna wandte ihren Blick von Joes gesenktem Kopf wieder ihrer Mutter zu.

„Und heute morgen ..." Mutter Halders Gesicht war voll Verzweiflung, als sie sich abwandte und das Geschirr in die Küche trug.

„Was war heute morgen?"

Die Eltern antworteten nicht, bis Johanna mit beiden Händen auf den Tisch klopfte.

„In der Nacht hat jemand eine tote Eule an die Tür genagelt", sagte der Vater leise.

Johanna sprang auf und rannte zur Haustür. Der Vater hastete hinterher und hielt sie fest. „Ich habe sie schon abgenommen", sagte er und führte Johanna wieder zum Tisch zurück. Die Tränen standen ihr in den Augen. „Warum ...?"

Vater Halder legte ihr die Hände auf die Schultern. „Für abergläubische Menschen sind Eulen Todesboten. Sie glauben, ihre Schreie bringen Unheil. Deshalb fangen sie die Nachtvögel, töten sie und nageln sie an Haustüren, um Böses, Krankheit und Tod abzuwenden."

Johanna ließ sich auf ihren Stuhl fallen und vergrub das Gesicht in den Händen.

„Eure Geschichte vom Schutzvogel kennt hier keiner", fügte der Vater leise hinzu.

Eine ganze Weile lag betretenes Schweigen im Raum. Dann nahm Johanna Joes Hand und sagte ernst. „Joe hat mir meine Sprache wieder gegeben. Wir haben uns versprochen, zusammen zu bleiben. Und das werden wir. Wir lieben uns."

Die Mutter zog die Augenbrauen in die Höhe. „Johanna, du bist verliebt. Gut, Joe ist dein Freund. Aber Liebe, Liebe ist doch etwas ganz anderes ..."

Der Vater unterbrach sie. „Ihr seid zu jung. Sei vernünftig, Johanna. Du musst in die Schule gehen. Ich habe einen Brief vom Government bekommen. Du gehörst in die Schule nach Yakima, schreiben sie. Und zwar ab Montag."

„Und was ist mit Joe?"

„Ich habe mich erkundigt. Die nächste Internatsschule für Joe wäre in Spookane."

Joe hatte lange geschwiegen. „Wie weit ist Spookane entfernt?"

„Etwa hundertzwanzig Meilen."

„Hundertzwanzig ...!" Johanna schüttelte den Kopf. „Wir bleiben zusammen."

Der Vater erhob sich, schritt im Raum hin und her. „Liebe oder Nichtliebe, Johanna. Schulpflicht ist Gesetz, und für Indianer gibt es andere, eigene Gesetze."

„Es sind kalte Gesetze."

„Sei doch vernünftig." Der Vater sah Johanna eindringlich an: "Yakima-County war unser Ziel von Anfang an, erinnerst du dich?"

Johanna nickte.

„Der Boden dieser Region ist ideal für Obst- und Hopfenanbau. Wir haben dieses schöne Haus gebaut, weil wir hier bleiben wollen. Und hier haben wir uns alle wieder gefunden. Darum müssen wir auch mit den Menschen in Toppenish auskommen. Sie waren vor uns da. Wir müssen uns ihnen und ihren Gesetzen anpassen."

Johanna wollte etwas sagen, aber der Vater fuhr fort: „Geht jetzt nach oben. Wir reden heute Abend noch einmal darüber. Ich muss an die Arbeit. Der Hopfengarten wartet."

Die beiden nickten und stiegen bedrückt die Treppe hinauf in ihr Zimmer. Joe nahm Johanna in den Arm und drückte sie fest an sich. Dann kuschelten sie im Bett zueinander. Schweigend.

Draußen fuhr ein Wagen vor. Sie hörten Schritte über den Kiesweg zum Haus kommen. Es läutete. Männerstimmen fragten nach dem Indianer. Johanna erhob sich, öffnete leise die Tür und lauschte.

„Das ist aber eine Überraschung! Herr Bürgermeister, Herr Pfarrer und wie war ihr Name ...", hörten sie die Mutter.

„Curtis, Hilfssheriff."

„Kommen sie herein, meine Herren. Kann ich ihnen etwas anbieten?", fragte der Vater.

Die Männer lehnten ab und blieben offenbar in der Tür stehen. Mr. Curtis Stimme sagte, sie wüssten, dass hier im Haus dieser Indianer versteckt ist, der die Grippe nach Yakima eingeschleppt hätte.

„Aber ich bitte sie, was heißt versteckt? Joe war krank, und meine Frau hat ihn gesund gepflegt. Das ist doch Christenpflicht." Vater Halders Stimme klang misstrauisch. „Aber warum kommt der Sheriff ins Haus? Hat Joe etwas angestellt?"

Johanna und Joe schlichen vor bis zum Treppenansatz.

„Dass er die Grippe eingeschleppt hat, ist schlimm genug", sagte der Bürgermeister. „Eine gefährliche Seuche, etliche Indianer vegetieren in ihren Zelten dahin, und die Toten unter ihnen müssen wir auch noch begraben. Und das Schlimmste, seit einigen Tagen haben sich weiße Farmhelfer angesteckt. Alles wegen diesem Indianer! Der gehört eingesperrt!"

„Aber ..."

Der Pfarrer fiel der Mutter ins Wort. „Seit er hier ist, breitet sich der Aberglaube aus, wie nie zuvor. Überall sind tote Vögel angenagelt, und wer weiß, was sonst noch passiert."

„Bitte beruhigen sie sich, kommen sie doch herein und nehmen sie erst einmal Platz", sagte der Vater. „Ich möchte ihnen etwas erklären."

„Ist der Indianer im Haus?", fragte der Hilfssheriff.

„Ja, Joe läuft ihnen nicht davon", versuchte der Vater die Männer zu beschwichtigen. „Er ist noch viel zu schwach." Dann redete er auf sie ein, versuchte ihnen zu erklären, die Grippe hätte auch durch andere Menschen nach Yakima eingeschleppt werden können. Joe habe Johanna gerettet und er begann ihnen von Johannas Weg und die Geschichte der beiden zu erzählen.

„Ihre rührseligen Geschichten interessieren mich nicht", unterbrach der Sheriff nach einer Weile Vater Halder, drängte ihn beiseite und stürmte die Treppe hinauf. Die anderen folgten ihm. Als er das leere Zimmer mit den zerwühlten Krankenlagern entdeckten, wurde er wütend.

„Der Wilde läuft nicht davon, haben sie gesagt!" Hilfssheriff Curtis stieß mit dem Zeigefinger auf Vater Halders Brust: „Ist er aber. Und ihre Tochter hat er gleich mitgenommen. Entführt hat er sie, oder ist sie etwa sein Flittchen?"

Curtis wartete keine Antwort ab, sondern rannte durch alle Zimmer. Aber Joe und Johanna waren nicht mehr da. „Na, warte", rief er. „Dich kriegen wir schon. Weit kannst du nicht sein." Mit erhobener Hand ging er auf Johannas Eltern zu. „Dieser Drecksskerl wird schmoren hinter Schloss und Riegel. Ich sage ihnen, mich führt keiner ungestraft an der Nase herum."

Dann stapften die Männer die Treppe hinunter und verließen das Haus.

Vater Halder legte den Arm um die Schultern seiner Frau. „Die beiden können nicht weit kommen. Sie sind noch zu schwach."

„Aber sie werden gejagt werden", flüsterte die Mutter. „Wie Kaninchen werden sie Johanna und Joe jagen. Und wir sind Schuld."

Der Vater eilte zum offenen Fenster. Unten verloren sich Joe's und Johannas Spuren auf dem geharkten Boden der Hopfengärten hinter dem Buschwerk des Nachbarn. Als er das Fenster schloss, fiel sein Blick auf Johannas alten Teddybär, der auf einem Blatt Papier saß. Er zog den Zettel hervor und faltete ihn auseinander.

Liebe Eltern, danke für alles. Wir werden einen Ort finden, wo unsere Liebe leben kann. Johanna und Joe.

Vater Halder reichte den Brief seiner Frau. „Wir haben Johanna nicht richtig ernst genommen. Wir hätten den beiden helfen müssen", sagte er leise. „Irgendwie. Ihnen wenigstens sagen, dass wir ihnen helfen w o l l e n. Vielleicht hätte es ja doch eine Lösung …"

„Ich habe Angst", unterbrach ihn die Mutter und legte den Brief aus der Hand.

Der Vater strich ihr über das Haar. Als sich die beiden besorgt ansahen, blitzte in Vater Halders Augen ein Funke Entschlossenheit auf: „Wir müssen die Kinder vor ihnen finden."

Johanna und Joe hatten inzwischen die Hälfte des Weges von Toppenish nach Yakima geschafft. Die Sonne brannte vom Himmel, als wollte sie den Sommer wieder zurückholen. Es war schwierig für die beiden, ungesehen voran zu kommen. Die Hopfengärten waren fast alle abgeerntet. So waren große, frei einsichtige Flächen entstanden, auf denen der ausgetrocknete Boden mit jedem Schritt Staub aufwarf. Dennoch fanden sie in Haselsträuchern oder buschbewachsenen Rainen Plätze zum Ausruhen. Sie kamen Yakima immer näher. Von einem Baum aus konnten sie bereits die Kirche sehen.

„Dahinter liegt der Bahnhof", sagte Johanna. „Es ist nicht mehr weit, Joe."

Sie wussten beide, mit der Eisenbahn würden sie am schnellsten und am weitesten von hier fort kommen. Johanna schmiegte sich an Joe. Er legte beide Arme um sie. Aus der Ferne kamen Reiter, eine ganze Horde, von Toppenish die Straße entlang. Sie verteilten sich rechts und links ins Feld und näherten sich unaufhaltsam.

„Komm, wir müssen weiter!"

Johanna und Joe kletterten vom Baum und rannten über die Felder. Reiter und Pferde kamen immer näher, waren schon zu hören.

Wir müssen es schaffen, dachte Johanna verzweifelt. Wir müssen vor ihnen zum Bahnhof kommen. Aber ihre Beine wurden immer schwerer. Außer Atem stolperten sie in ein ausgetrocknetes Bachbett und ließen sich darin hinunter rollen. „Wir müssen einen Zug erreichen", keuchte Johanna. „Ganz gleich, wohin er fährt."

Sie lag neben Joe, hörte seine Lungen pfeifen. Sie versuchte mit ihm im Einklang zu atmen, ein, aus ... Mit geschlossenen Augen sehnte sie sich das wunderbare friedliche Grün des Nordischen Regenwaldes herbei, sah schon das Moos vor sich, die hüpfenden Tropfen von Farnen und Blättern. Sie fühlte Ruhe, den Rhythmus der schwingenden Flechten und Äste, ganz von fern ...

Plötzlich waren da Männerstimmen, ganz nah.

Johanna wollte sich vorsichtig den Hang hochziehen, da legte sich Joes Hand auf ihren Rücken. Mit der anderen bog er die Grashalme auseinander.

„Es sind zu viele. Und sie sind schnell. Ich werde allein weiter laufen, Johanna. Es ist besser du gehst zurück zu deinen Eltern. Dort bist du sicher."

Johanna sah ihn entgeistert an.

„Ich meine es ernst", wiederholte er. „Geh zurück. Dort hast du alles, was du brauchst."

Johanna schüttelte ihren Kopf, warf ihn zurück und sagte: „Komm jetzt!"

Sie hasteten im Graben des Bachbettes weiter bis zu einem Hang mit schützenden Büschen. Johannas Beine taten ihr weh. Immer wieder drängte sich ein verräterischer Husten aus ihr. Sie legte sich auf den Bauch, um ihn zu unterdrücken. Joe lag neben ihr. Johanna versuchten ihren unruhigen Atem wieder in Gleichklang mit seinem zu bringen.

„Joe, warum hast du das vorhin gesagt?"

„Was?"

„Dass ich zurück gehen und bei meinen Eltern bleiben soll?"

„Ich bringe dich nur in Gefahr. Bei deinen Eltern geht es dir gut. Ich kann dir keine Sicherheit geben, keine Schutz. Durch mich bist du ..."

„Unsinn, das ist es doch gar nicht", unterbrach ihn Johanna und kämpfte mit den Tränen. „Du gibst mich auf. Du kämpfst nicht für mich, nicht für unsere Liebe. Als du zu Tamanois kamst, war ich interessant. Jetzt bin ich Ballast. Du willst dich aus dem Staub machen."

Joe drückte ihr die Hand auf den Mund. Zwei Reiter kamen im Schritt auf dem Feld über ihnen vorbei.

„Er soll die Kleine entführt haben," hörten sie. „Wir kriegen ihn, Jack. Der kommt ins Gefängnis, das ..." Dann waren sie vorüber.

Joe und Johanna warteten noch eine kurze Zeit wie erstarrt. Dann lugten sie vorsichtig über den Rand des Bachbettes. Kein Reiter war mehr zu sehen, dafür war der Bahnhof in Sicht.

„Komm", flüsterte Joe. „Dort entlang ..."

Geduckt huschten sie durch eine Streuobstwiese. Das Maisfeld mussten sie erreichen. Die hohen Pflanzen würden ihnen Deckung bieten. In seiner ganzen Länge und Breite reichte es bis an den Bahnhof und die Gleise heran. Sie rannten, so schnell sie konnten.

„Da sind sie!", hörten sie hinter sich einen Mann schreien.

Johanna stolperte und Joe zog sie an den Rand und hinein

in den Schutz des Maisfeldes. Die beiden konnten nicht mehr. Keuchend lagen sie auf dem Boden. Über ihnen war das Rauschen der trockenen Pflanzen und außerhalb des Feldes Stimmen.

Johanna drehte sich auf den Bauch und legte den Kopf auf die verschränkten Arme. Sie fühlte sich ausgetrocknet, wie der Boden und die Pflanzen, und sie fühlte das Ende ihrer Kraft. Der Gedanke, Joe könne sie nicht mehr lieben, raubte ihr die allerletzten Reserven. Verzweifelt sah sie zu ihm und blickte in sein Gesicht.

„Ich werde mich stellen, Johanna", hörte sie Joes heisere Stimme.

„Nein."

„Doch." Joe erhob sich. „Die Männer sind nicht hinter dir, sondern nur hinter mir her. Ich bringe dich in Gefahr. Du sollst nicht in Gefahr sein. Niemals durch mich ..." Er beugte sich herunter zu ihr, nahm ihr Gesicht in seine Hände, sah sie an. Seine Augen versanken in ihren. Dann ließ er sie los und machte drei Schritte an den Rand des Feldes. Er fuchtelte mit den Armen.

„Neiin!" schrie Johanna, sprang auf und rannte aus der schützenden Deckung hinter ihm her. Sie fasste ihn, umarmte ihn und bedeckte seinen Mund mit ihren Lippen. „Ich war so ungerecht ..."

Hinter ihnen hörten sie Pferdegetrappel. Da fiel ein Schuss. Johanna stürzte zu Boden.

Joe sah Reiter auf sie zu kommen. Schnell zog er Johanna zurück ins Maisfeld. Die Schüsse und Schreie der Männer klangen hier gedämpfter. Kreuz und quer schleppte Joe Johannas Körper hinter sich durch das Feld. Bis seine Kraft ihn verließ. Er konnte nicht mehr weiter und ließ sie auf den Boden sinken. Entsetzt starrte Joe auf Johannas blutenden Oberschenkel.

„Glück gehabt, die Kugel ist vorbeigesaust", lächelte Johanna gequält. Sie zog ein Taschentuch heraus, riss es mittendurch und reichte es Joe. Er verband damit ihr Bein.

„Ich habe dich in diese Gefahr gebracht", murmelte er

vor sich hin. Immer wieder. Er wischte sich den Schweiß von der Stirn. Dann schob er ihr beide Arme unter die Achseln und zog sie weiter im Zickzack durch das Feld, bis ihnen durch die Maispflanzen das Glitzern der Gleise die Nähe des Bahnhofes ankündigte. Dort legte er Johanna ab. Joe rang nach Atem, fiel neben sie und rollte sich zu ihr. Johanna streichelte seinen Arm.

Von Ferne mischte sich Hundegebell zu den Männerstimmen und dem Pferdegetrappel.

Joe gab sich einen Ruck. Er setzte sich auf, zog Johanna zu sich hoch und stützte sie.

„Sieh doch", keuchte er. Durch die Pflanzenstengel sahen sie, dass auf dem gegenüberliegenden Gleis ein Zug eingefahren war. Auf dem Schild stand: Tacoma. Sie konnten es durch die Blätter lesen. Joe brach einen Maiskolben, blätterte ihn ab und reichte ihn Johanna. „Du brauchst Kraft."

„Erst du", sagte sie und fühlte die Wärme ihres Blutes unter dem abgebundenen Tuch hervorrinnen. Johanna war jetzt ganz ruhig. Sie wusste, nur wenn Joe in Freiheit war, würden sie vielleicht irgendwann zusammen kommen können. „Du musst gehen", sagte sie leise.

Joe steckte den Maiskolben in die Tasche und schaute sie an.

„Du musst ...", wiederholte Johanna flehend.

„Ich war dir kein guter Mann."

Johanna spürte ihre Glieder müde werden und schwer.

„Du warst und bist der Liebste, der Einzige ..."

Joe schwieg.

Die Lokomotive zischte.

Joe stand auf. Er packte Johanna, zog sie zu sich hoch und schleppte sie ein Stück weiter zum Rand des Feldes. Aber Johanna rutschte ihm aus den Armen. Verzweifelt beugte er sich über sie. Sein Atem ging schwer. Seine Augen bargen einen Blick, der so fern war, so tief und schmerzvoll. Dann sah er gequält zum Himmel. „Wir müssen es schaffen."

„Joe, es ist nicht möglich, dass wir zusammen leben können." Johanna holte tief Luft. „Nicht jetzt." Sie ließ ihren Kopf zurück auf den Boden sinken. Leise fügte sie hinzu. „Ich höre, wie dich dein Land ruft. Deine Bäume halten Ausschau nach dir und die Geister fragen sich schon lange, wo du bleibst." Sie legte ihre Hand auf seine Brust und fühlte das Pochen dahinter. „Du musst zu deinen Leuten. Deinen Eltern beim Winterlager helfen."

Die Lokomotive zischte und pfiff. Schritte kamen näher.

Joe kniete sich hin und zog Johanna zu sich hoch. Seine Arme hielten sie fest umschlungen. „Und wenn du mich brauchst?"

„Ich weiß, wo ich dich suchen muss."

„Wirst du den Weg finden?"

„Du weißt, dass ich den Weg finden kann."

Sie sahen sich an, sahen bis hin zu ihren Herzen.

Johanna konnte ihre Tränen nicht mehr zurückhalten. Es ging nicht. Sie schloss die Augen und spürte, wie Joes Lippen ihre Tränen auffingen.

„Schutzvogel verbindet uns", sagte er leise. „Immer. Du weißt es." Er bettete sie sanft auf den Boden. Dann stand er auf und wandte sich um zu der Hand, die sich von hinten auf seine Schulter gelegt hatte.

Johannas Vater stand vor ihm, den Zeigefinger auf seinem Mund. Vor dem Feld trabte ein Reiter vorbei, fragte Johannas Mutter, die ein Stück entfernt am Rand stand, ob ihr ein Mädchen und eine Indianer aufgefallen seien. Mutter Halder verneinte, und der Reiter galoppierte davon. Die Lokomotive pfiff. Langsam setzte sich der Zug in Bewegung.

Vater Halder legte sich Joes Arm über die Schulter und zog ihn aus dem Feld. Er stützte und half ihm über die leeren Gleise zum anfahrenden Zug. Auf den letzten Waggon konnte sich Joe gerade noch hinauf ziehen, bevor der Zug Geschwindigkeit bekam.

Der Vater stand zwischen den Gleisen. „Viel Glück, Joe", sagte er leise und blickte ihm nachdenklich hinterher.

Johanna, von den Armen ihrer Mutter gehalten, sah dem

Zug nach, bis er ganz aus dem Tal verschwunden war. Dann faltete sie den Brief auseinander, den Joe in ihrer Hand zurückgelassen hatte.

In der typischen Weise der Ureinwohner der Olympischen Halbinsel, umrahmt von schwarzen und roten Zeichnungen, die die Tiere des Meeres, die Tiere der Lüfte und der Erde darstellten, stand in Joe's schöner Handschrift geschrieben:

Es ist mein Land
von der Zeit des ersten Mondes
bis zu der Zeit der letzten Sonne.
Und wurde meinen Leuten gegeben.
Wha-neh, der große Schöpfer allen Lebens
schuf mich aus der Erde dieses Landes.
Er sagte: Du bist das Land und das Land bist du.

Ich will auf das Land gut achten,
weil ich ein Teil davon bin.
Auch auf die Tiere
weil sie meine Brüder und Schwestern sind.
auf die Ströme und Flüsse,
weil sie mein Land rein halten.
Ich ehre den Ozean als meinen Vater,
weil er mir Essen und die Möglichkeit schenkt, zu reisen.
Der Ozean weiß alles, weil er überall ist.
Er ist weise, weil er alt ist.
Höre auf den Ozean, weil er voll Weisheit spricht.
Er sieht viel und weiß noch mehr.
Er sagt: Gebt Acht auf meine Schwester Erde.
Sie ist jung und hat wenig Weisheit.
Aber sehr viel Liebenswürdigkeit.
Wenn sie lacht, ist es Frühling.
Weil sie über alle Dinge schön ist,
will ich sie nicht verwunden und vernarben.
Ihr Gesicht schaut zu der Schönheit
des Himmels und der Sterne auf,
wo sie einst mit ihrem Vater, dem Himmel lebte.

Ich bin ewig für diese schöne und gütige Erde dankbar.
Gott gab sie mir.
Dies ist mein Land.

Erläuterungen

Bodie
hat es wirklich gegeben und ist heute eine Geisterstadt, die man besichtigen kann. Sie liegt zwischen Lake Tahoe und dem Mono Lake ganz in der Nähe des Yosemite-Parks. Allerdings ist die Stadt nicht 1919, sondern erst 1932 einem Brand zum Opfer gefallen, den zündelnde Kinder verursacht haben.

Küstensalish
ist der Oberbegriff für Stämme der Ureinwohner Nordwest-Amerikas und Canada, die im Südteil der Küste und der Mitte von Vancover Island, sowie im südlichen Küstenbereich British Columbias, Washingtons, der Olympischen Halbinsel und Oregons leben. Unter anderen gehörten die in diesem Buch genannten Hoh, Queets, Quileute, Quinault, Squamish und Yakima dazu. Obwohl jeder Stamm seine eigene Sprache hat, können sie sich untereinander einigermaßen verständigen. Früher war ihre Heimat reich, gab ihnen alles, was sie zum Leben brauchten. Sie trieben Handel mit Fischen und Fellen. Mit Kanus befuhren sie die gesamte Küstenregion. Wie die meisten Ureinwohner Nordamerikas leben sie in der Sozialform des Matriarchats. Die Frau, Hüterin des Hauses, lebt mit ihren Kindern in der Familie ihrer Mutter. Will ein Mann bei ihr bleiben, zieht er zu ihr.
Alle Küstensalish verband ein reiches, zeremonielles Leben. Viel schöpferische Kraft wurde aufgewendet für den künstlerischen Ausdruck von Legenden, Liedern und bildneri-

scher Kunst. Schamanismus und die Lehre von persönlichen Schutzgeistern war von tiefer Bedeutung.

Quinault
Die Quinault-Indianer leben heute in ihrem Reservat von Holzwirtschaft und Fischzucht, die auf dem neuesten, umweltfreundlichen Stand ist. Um die ursprüngliche Küstenlandschaft zu erhalten, ist das Reservat nur zum Teil für Touristen zugänglich. Erst 1987 haben die Quinaults das ihnen zustehende Land am nördlichen Ufer des Quinault-Lake zurückerhalten.

Suquamish
lebten früher direkt am Pudget-Sound. Häuptling Seattle, der eigentlich Sealth hieß, ist der berühmteste Sohn dieses Stammes. Sein eindrucksvolles Grab befindet sich zwischen Keyport und Kingston, westlich von Seattle und wird heute noch mit Blumen, Schleifen und Sachgaben geschmückt. Die Rede, die er 1854 vor den weißen Vertretern der Regierung der Vereinigten Staaten gehalten haben soll, hat besonders für alternativ denkende Menschen nichts an ihrer Gültigkeit verloren. Allerdings weiß man heute, daß sie um 1970 von einem texanischen Literaturprofessor verfasst wurde.

Tamanois
ist bei den Quinaults eine Kraft, aber auch Medizin und Magie zugleich, die helfen kann, Lebensprobleme zu lösen. Man erlangt Tamanois durch Visionen, Träume oder durch außergewöhnliche Begegnungen von Geistern. Tamanois von einem Schutzvogelgeist zu bekommen, erfordert einsames Wachen an einsamen Plätzen.
Im Gegensatz zu anderen Ureinwohnern benutzen die Nordwestindianer keine Drogen. Sie versuchen ihren Bewusstseinszustand zu erweitern durch Schlafentzug, Hungern, erzwungenem Erbrechen, Schwitzen und Aufenthalten in extremen Temperaturen.

Chitems Gesang
die in der Erzählung beschriebenen Baumlaute sind tatsächlich vom Menschen wahrzunehmen. Heute wurde durch Experimente nachgewiesen, daß Bäume durch elektrische Felder verbunden sind. Wird die normale, friedliche Schwingung eines Baumes durch einen menschlichen Eingriff (z.B.Kettensäge) gestört, lassen sich an den umgebenden Bäumen heftige Reaktionen messen. Ebenso werden chemische Stoffe abgesondert, die per Luft Informationen an andere Bäume weitergeben. So kann ein Baum, der gefällt wird, andere Bäume „warnen".

Missionsschulen
wurden ab 1896 im Nordwesten der Staaten eingeführt. Henry Pratt, ein ehemaliger Indianerjäger, gründete 1879 das erste Internat für Indianerkinder im Mittleren Westen. Die Schulen hatten die Aufgabe, „den Indianer zu töten, und den Menschen in ihm zu retten." Die christlichen Kirchen folgten seinem Beispiel mit der Begründung, die Wilden vom Heidentum zu befreien und zu Christus zu führen. Geschrubbt und geschoren wurden die kleinen Kinder in Uniformen gesteckt und erhielten angelsächsische Namen. Der Tagesablauf begann morgens um sechs Uhr und ging mit militärischer Präzision bis um zweiundzwanzig Uhr abends. Sobald die Kinder einigermaßen Englisch sprechen konnten, wurden ihnen ihre eigene Sprache strengstens verboten. Viele Kinder starben an Zivilisationskrankheiten. Wenn sie nach einigen Jahren aus dem Internat in ihre Heimat zurückkehrten, fanden sie sich nicht mehr in der Welt ihres Stammes zurecht.

Olympic-National-Parc
liegt auf der Halbinsel im Norden des Staates Washington und ist eine Naturlandschaft von atemberaubender Schönheit. Hier gibt es den einzigen unberührten, gemäßigten Regenwald auf der nördlichen Erdhalbkugel. Die ca. sechzig Kilometer lange Küste mit ihren vorgelagerten Inseln

ist vom Tourismus nahezu unberührt. Gletscherbedeckte Berge, viele Flüsse und klare Seen geben dem Biosphärenreservat über tausend Pflanzenarten, zweihundertfünfzig Vogel- und fünfzig Säugetierarten eine Heimat. Einige Tiere davon gibt es nur hier und sonst nirgendwo auf der ganzen Welt.

Yakima-County
im Südosten des Staates Washington ist heute das größte Hopfenanbaugebiet der USA. Ebenso wie im Bodenseeraum werden auch dort Äpfel, Kirschen und Wein angebaut.

Toppenish
ist heute eine hübsche „Westernstadt" südlich der Stadt Yakima. Hier befindet sich das einzige Hopfenmuseum der USA. Es wurde von Nachfahren deutscher Siedler gegründet.

Traumatisches Stottern
ist eine Störung des Redeflusses hervorgerufen durch ein tragisches Ereignis. Laute oder Silben werden ungewollt wiederholt. Mit der Anstrengung des ganzen Körpers will der Betroffene die Wiederholung unterdrücken und den Redefluss voranbringen. Die Angst des vorangegangenen Traumas und die Angst, Worte können nicht fließen, irritiert sämtliche Körperfunktionen sowie den Atemrhythmus und alle dazugehörenden Muskeln. Die durch das Stottern ausgelöste seelische Not führt zu Verkrampfungen am ganzen Körper, zum Verlust des Selbstwertgefühls und zur sozialen Isolation.
Eine Besonderheit: Der traumatische Stotterer kann ohne Unterbrechung singen und im Affekt einen ganzen Satz schreien.

Grippeepedemie
Im Staat Washington forderte sie in den Jahren 1918 und

1919 viele Todesopfer. Zu dieser Zeit gab es noch keine modernen Antibiotika und kaum fiebersenkende Medikamente.

Quellen

„Land of the Quinaults"
(Joes Gedicht)
Published by Quinaullt Indian Nation Tahola
freie Übersetzung

„Gebet an den Zedernbaum"
Suquamisch-Museum, freie Übersetzung

„Der Mond"
Mathias Claudius

„Die vier Brüder"
Christian Gottlob Barth. Lesebuch für Volksschulen.
Union Deutsche Verlagsgesellschaft
Stuttgart/Berlin/Leipzig.

Sprachheilschule Rankweil – Frau Summer

Hopfenmuseum Tettnang

Persönliche Reisen durch Kalifornien und Washington

Besuche der Reservate von Queets, Quinaults, Suquamish und Yakima sowie deren stammeseigenen Museen

Seattle – Art Museum,
Toppenish – Hopfenmuseum

demand. Das literarische Jugenbuch-Programm

weitere Titel:

Uta Ruscher
Katzensommer
Roman

Isabella ist stinksauer. Ihre Eltern sind mit ihr in ein langweiliges Dorf gezogen. Nicht mal eine Katze darf sie sich halten. Sie sehnt sich nach Hamburg zurück. Nach Erik, der nur an seine Gitarre denkt. Seit sie mit ihm geht, liegt Vaters Hand ständig auf ihrem Knie. Ihr Vater tut ihr Leid. Bis zu jener Nacht, als ihre Mutter zum ersten Mal Dienst hat. Niemand darf Isabella mehr berühren. Nicht mal Nele, das Mädchen von nebenan, mit ihrer samtigen Haut. Der Einzige, der Isabelle zu verstehen scheint, ist Tiziano, den sie füttert - trotz Verbot. Als sie dabei erwischt wird, soll der Kater eingesperrt werden. Schlimmer hätte es nicht kommen können. Doch dann macht Isabella eine furchtbare Entdeckung ...

ca. 172 Seiten
ISBN 3-935093-26-8

Erstausgabe

Alle Bücher des demand verlags sind im Buchhandel erhältlich oder im Internet bei allen großen online-bookshops. Informationen zum Verlagsprogramm finden Sie unter www.literaturbuero.de